Les Amours de Louise

Du même auteur

Le Loup du marais, éditions De Borée, 2004.
Un été bigouden, Liv'Éditions-Le Faouët, 1999, prix Bretagne 1999.
Les Voleurs du soleil, Liv'Éditions-Le Faouët, 1998, prix Pascal-Pondaven 1998.
Raconte-moi, Lucie, Liv'Éditions-Le Faouët, 2002.

53, rue Fernand-Forest – Z.A. de l'Artière – 63540 Romagnat
Achevé d'imprimer en France en mai 2006
Dépôt légal : mai 2006
ISBN : 2-84494-372-1
ISSN : 1769-1788

ANNE-MARIE CASTELAIN

LES AMOURS DE LOUISE

De Borée

En souvenir de Georges et Hélène

I

Le café-charcuterie

LA CONTREMAÎTRESSE EN AVAIT L'HABITUDE. Un quart d'heure avant l'heure de sortie, avec un instinct de chien, les ouvrières ralentissaient la cadence et celles qui chantaient cessaient la romance, comme pour mieux entendre la cloche libératrice.

Le vieux Victor, arc-bouté sur son chariot pour compenser sa claudication, passa au long de la table de travail dans un grincement familier de roulettes mal huilées. Un arrêt bref devant chaque ouvrière leur permit d'y encager les dernières boîtes d'allumettes de la dixième heure. Louise, toujours scrupuleuse, déposa les siennes délicatement comme s'il se fut agi d'œufs dans une couveuse. Elle sourit à

Victor, habitué aux regards détournés des autres devant sa face nécrosée. C'était à l'époque du phosphore blanc qu'il s'était fait grignoter sournoisement le nez et les maxillaires. On le gardait, par habitude plus que par charité. Évitant de parler, il fronçait un peu les sourcils lorsqu'une ouvrière l'appelait « Totor ». Le ramassage terminé, l'homme et le chariot tous deux brinquebalants disparurent dans l'obscurité du couloir.

À la cloche, la contremaîtresse frappa le sol de sa canne, histoire de faire preuve d'autorité en freinant l'agitation de « sa volière ». Ne poussait-elle pas la malice d'inspecter chaque poste de travail en dénonçant là une pince mal rangée, ici un mouchoir oublié pour retenir une pauvre fille abrutie par sa journée de travail ?

« Henriette et Camille, vous vous souvenez ? Vous êtes de service pour le balayage ! »

On leur promettait un vestiaire ; des placards avec des portemanteaux, et une dizaine de lavabos avec l'eau courante… Pour l'instant le personnel se contentait d'une pièce mal aérée aux murs de laquelle s'accrochaient des casiers. Louise plia sa blouse qu'elle jucha sur l'étagère à son numéro. Son bonnet de coton enlevé libéra un chignon de cheveux nattés, obéissant à la tradition alsacienne.

Elles étaient une vingtaine à caqueter, rire et s'attifer. À leur audace on pouvait reconnaître les plus anciennes souvent dévergondées. Camille, enfin délivrée de la corvée de balayage, mima la « dirlo » en martelant le sol de son manche à balai : « Silence Mesdames ! Je veux entendre une mouche voler ! » Recommandation immédiatement suivie d'un bourdonnement qui s'amplifiait dans tout l'atelier. Bzz... bzz... Elles se taquinèrent en récupérant leur châle et la grosse Julie eut du mal à retrouver ses bottines qu'elle troquait chaque soir contre des sabots où dans la journée ses pieds pouvaient s'épanouir.

« Vous êtes vaches ! s'exclama Berthe toujours prête à défendre l'opprimé.

– C'est pour de rigoler ! Hein ma Julie ? "Les bottines, c'est pour Titine, les sabots c'est pour Charlot", se mit à chanter Camille de sa voix de crécelle.

– Ici on fait la mise en boîte ! » ironisa une petite sauterelle délurée.

Dans la cour pavée elles croisèrent les groupes d'hommes dont certains étaient les époux de ces dames. Nombreux étaient les couples qui faisaient carrière aux Allumettes. On entrait à l'usine comme dans les ordres. De rares veinards enfourchèrent une bicyclette. La plupart partirent à pied, à trois ou quatre par ancienneté, par copinage, longeant la route d'Aubervilliers. Les femmes, l'esprit déjà en lessive ou à nourrir les marmots, partaient d'une démarche accélérée qui tenait plus de la course que de la promenade.

Louise avec ses seize ans était belle à croquer. Blonde aux yeux bleus, elle ne reniait pas ses origines.

La taille élancée, elle présentait pourtant des rondeurs là où il le fallait. Jules qui travaillait au trempage « à la plaque » lui emboîtait le pas chaque soir. Oh ! à distance, il faut l'avouer. La présence de ses deux amies qui l'encadraient jusqu'au canal, la rassurait et effaçait sa fatigue par leurs remarques amusantes. En vue du canal, Jules disparaissait dans le trafic des voitures à cheval et des ouvriers sortant par fournées des usines qui fleurissaient à un rythme accéléré depuis plusieurs années. Les jours commençaient à rallonger en ce printemps 1913.

L'hiver dernier à pareille heure – les filles se souvenaient – il fallait profiter de la lueur d'une lanterne de fiacre ou d'un fanal de péniche sur le canal de l'Ourcq pour éviter les ornières de boue et les immondices des zonards. Elles relevèrent un peu le bas de leur jupe pour s'asseoir sur des caisses branlantes dont les craquements les firent s'esclaffer.

Le soleil encore haut et presque blanc en ce début de soirée, léchait les murs des usines d'en face. Aux Forges Marchal le bruit lancinant du marteau-pilon avait cessé de percuter le tympan des voisins. Par contre, la Compagnie parisienne des asphaltes répandait par bouffées ses panaches de fumée où parfois brillaient des étincelles. Le décor fut éclipsé par le passage de deux lourds percherons halant une barge transportant du bois. À sa suite, mais prenant du retard, flottait on ne sait comment, un chargement de plâtres provenant des buttes de Romainville.

À deux pas, un pêcheur assis au bord de la berge, insensible à son environnement, fixait d'un œil torve son bouchon dérivant dans les remous du courant.

Elle fut la première à se lever, secoua sa jupe, embrassa les deux jeunes filles, et trottina sur les pavés jusqu'à la place de l'Église. À cet instant l'horloge de celle-ci indiqua 7 heures. L'heure de l'apéro ! Un retard qui n'allait pas passer inaperçu. Elle dépassa l'hôtel de la Cloche d'Or où le cuisinier et son marmiton la sifflèrent, accotés mollement de part et d'autre de la porte.

Le café battait son plein. Elle devinait l'affluence au fait que le volet vitré articulé était ouvert. Elle aurait dû s'esquiver par l'étroit couloir longeant la boutique. Trop tard. Les clients debout, alignés sur deux rangs au comptoir ne tournèrent même pas la tête, mais Henri le paternel, attentif à servir un Picon-citron, lui jeta son œil bleu glacial comme une lame de poignard. Catherine, sa mère, qui essuyait un verre, l'astiqua avec énergie pour faire passer dans son geste la colère de son mari. Henri dit simplement en reposant la bouteille : « File ! Va aider ta grand-mère. »

Attablés aux trois guéridons de la salle, c'étaient les habitués : M. Pinson qui venait lire son journal malgré la cacophonie de l'endroit, Lulu et l'inséparable Dédé qui travaillaient au Caoutchouc et venaient chaque soir faire une partie de manille en dépensant la paie de la journée... Un rapide salut de la tête à Albert l'unijambiste dont il fallait se méfier en raison de sa jambe de bois qui occasionnait parfois des croche-pieds, et elle disparut dans l'arrière-boutique.

Si pompeusement on l'appelait « la salle à manger », histoire de s'y retrouver, la petite pièce s'apparentait plutôt à une réserve. Dans l'espace ménagé entre le buffet Henri II et quatre chaises paillées s'empilaient des cartons de verres, des capsules de gaz pour les siphons, ainsi que tabliers et torchons. Entre les deux corps du buffet on avait aligné dans la galerie quelques assiettes au décor « Obernai » – vestige du service de quatre-vingts pièces – léguées par la tante Élise lors de l'exode des Alsaciens en 70 vers les banlieues parisiennes. Le tiroir de droite était sacré. Henri y rangeait ses factures, sa cagnotte, quelques lettres mystérieuses serrées par un bolduc ménagé tel un sceau royal.

Sur la table à l'italienne dont la taille de la toile cirée interdisait de tirer la rallonge, Jacquot s'appliquait à ses devoirs. Il avait le temps de rêver. On n'était pas prêts de mettre la table ! Louise ébouriffa au passage la tête de son jeune frère et pénétra dans la cuisine au moment où « Grossala[1] »,

1. Grand-mère en alsacien. Les tout-petits l'appellent Mamama.

panier au bras, s'apprêtait à monter dans son chez-elle partagé avec pépère Joseph.

« Bonne journée, mon petit oiseau ? » questionna la grand-mère avant de s'engager dans l'escalier lilliputien menant aux chambres.

Elle l'avait surnommée ainsi depuis sa naissance et l'avait pratiquement élevée. Dans le commerce, on n'a pas tellement le temps de s'occuper du gosse…

« La routine, Grossala. Je venais pour t'aider.

– Tu arrives bien tard Louison. Tu ne me racontes plus rien. Parle-moi du vieux Victor et de ta feldgendarme.

– Il est comme Quasimodo, laid, gentil et malheureux. Quant à cette femme elle n'a pas de cœur. Les filles disent qu'elle devrait brûler avec ses allumettes ! »

La mémé se contenta de hausser les épaules et monta dans son appartement avec son dîner et celui de pépère déjà là-haut, abîmé dans les feuilles de son *Petit Parisien*.

Vers 8 heures du soir, la boutique se vida de ses habitués. Henri connaissait leur vie, leurs déboires et leur façon de boire. De certains il tenait une ardoise avec la quasi-certitude qu'elle lui resterait sur les bras. Plusieurs étaient au chômage, allant d'usine en usine espérant une embauche. Pantin, de village agricole était devenu petite ville industrielle. À part l'agriculture ils ne savaient rien faire d'autre. Pourtant il supportait mal les pères de famille qui gâchaient leur argent au comptoir, et avait plus d'indulgence pour les impécunieux au rayon charcuterie, à cause de la femme et des mioches qui se serraient la ceinture à deux pas de chez lui. Car il faut dire dans cette histoire que le café d'Henri se singularisait des autres établissements par ses spécialités alsaciennes confectionnées depuis toujours par Joseph. Il ne quittait guère la cuisine. C'était son domaine dans l'odeur âcre du fumoir et les vapeurs de la choucroute qui, à longueur d'années, faisaient saliver jusqu'aux passants de la rue… Henri et Catherine s'y savaient des intrus. En premier lieu ils n'avaient pas le temps de traîner dans la cuisine. Trop de travail avec la buvette, et puis pépère Joseph avait décidé qu'ils n'y connaissaient rien. Une personne pourtant était la bienvenue, outre mémère qui n'avait pas son pareil pour émincer les échalotes ou nouer les saucisses : c'était Jacquot.

On réunirait bientôt la famille pour fêter ses sept ans. De l'avis de tous, y compris des clients, il ressemblait à sa mère. Il en avait hérité ses yeux verts fendus en amande, un teint de porcelaine et une bouche aux coins relevés qui laissait penser à un sourire permanent.

« Tu le gâtes trop, papa ! répétait Henri un peu agacé de ces privilèges. Tu le laisses chaparder un rond de saucisson par-ci, une couenne de jambon par-là. Le résultat : il "pinoche" à table.

– Il ne chaparde pas, Henri. Je lui donne. »

Il détacha bien les mots pour montrer qu'il était souverain dans sa cuisine, et dans ce lieu maître de l'éducation du petit. Il continua :

« Il est si complaisant ! Il tourne la manivelle de la machine à hacher, il défroisse les crépines, il tient le boyau quand je fais du boudin… »

Henri marqua un signe d'impatience à cet inventaire et amorça son départ.

« Toute peine mérite salaire ! déclama le pépère.

– Ah ben alors, si tu te mets à sortir des maximes !… »

Seule restait accoudée au comptoir « la Ficelle ». Surnom que lui valait sa façon d'attacher ses cheveux avec quelques fibres de chanvre. Sans la présence du zinc qui lui servait de tuteur, la femme sans âge se serait écroulée après l'ingestion de ses quatre « sorcière verte » quotidiennes.

« Il faut partir Ficelle », lui ordonna gentiment le patron.

Les yeux dans le vague ou fascinée par l'affiche du chat Dubonnet, elle n'entendait pas. Henri contourna le comptoir pour apercevoir une flaque entre les pieds de Ficelle. Ce n'était pas une première. Cette fois Henri ravala ses sermons et alla chercher la serpillière. La femme déchue se laissa pousser aux épaules jusqu'à la rue. Déjà Catherine repliait la vitre articulée pendant qu'Henri frottait le comptoir d'étain à « la pâte au Sabre ».

« La soupe est prête Henri. Pour une fois on fermera de bonne heure. Les enfants sont fatigués. »

Elle ne fit aucune allusion à leur fatigue à eux.

Au centre de la table de salle à manger on alluma la lampe à pétrole et l'on posa la soupière.

II

Les Poulbots

COMMENT AVAIT-ELLE PU se réveiller en retard ? Jacquot, blotti contre elle sous l'édredon, pouvait encore dormir avant l'école. Il ne connaissait pas son bonheur celui-là ! Après une rapide toilette, elle serra les lacets de son corset avec rage en pensant au regard de reproche de la contremaîtresse. La taille emprisonnée dans cet étau, elle s'aperçut que ses épingles de chignon s'étaient évadées sous le lit.

Pépère Joseph, déjà à la cuisine à mouler du saindoux dans une terrine, se retourna lorsque les bottines de Louise firent craquer l'escalier :

« Ma poulette sort de son perchoir ! » lança le grand-père avec l'intonation affectueuse dont il avait l'habitude. Il possédait la science de faire tomber d'un coup son énervement. Il s'essuya les mains sur son long tablier blanc avant de la serrer contre lui. Elle l'embrassa, entre les besicles et la moustache blanche.

« Je vais me faire sonner les cloches…

– Bois tout de même un café mon petit cœur. »

Pour faire plaisir aux parents, elle pénétra dans la boutique avec un « Bonjour m'ssieu dames » sonore aux familiers du p'tit crème, et avala l'excellent café filtré à la chaussette qui faisait la réputation de la maison. Au brouhaha et à la fumée, elle se souvint que c'était jour de marché. Il ne manquait plus que cela !

Elle eut du mal à se frayer un passage entre les consommateurs attablés et ceux du comptoir plus individualistes. C'était une race bien différente des habitués du soir. Elle les connaissait tous, ces commerçants qui s'installaient dès 6 heures du matin sur la place de l'Église. Les premiers, c'étaient les bouchers reconnaissables à leur calotte blanche et leurs tabliers déjà maculés de sang, retenus sur leur corps épais par un cordon terminé en tortillon. Ils formaient, par leur gros rire et leur puissance, une véritable corporation vouée au blanc sec ou au côtes-du-rhône. Eux seuls demandaient à « Madame Catherine » de leur cuire un bifteck. Alors elle osait déranger son beau-père qui se poussait de mauvaise grâce.

Suivaient les maraîchers, moins exubérants, qui commandaient un « p'tit noir » avant de s'échapper aux toilettes de la cour.

« Catherine ! Un casse-croûte jambon et deux rillettes d'oie ! » cria Henri.

Louise, amusée, pensa : « Papa est vraiment dans son élément ». Au moment de passer le seuil dont la porte était ouverte, elle se trouva nez à nez avec le cheval. À chaque marché l'animal s'encadrait dans l'ouverture de la boutique pour boire le seau d'eau préparé à son intention par le patron. La scène devenue familière n'étonnait même plus les clients, pas plus que Louise déjà en retard. Elle s'esquiva enfin, contourna les planches sur tréteaux du marché qui encombraient jusqu'au pas de porte et trottina, le cœur palpitant, jusqu'aux Allumettes.

L'entrée de l'usine absorbait quelques retardataires balançant, au pas de course, la musette contenant la gamelle.

Planté près de la machine à pointer, Victor secoua la main pour faire comprendre : « elle est en pétard » ce qui ne la rassura pas. Revêtue de sa blouse, elle chercha désespérément sa coiffe, y renonça et pénétra dans l'atelier sous l'œil furibard de la contremaîtresse :

« Vous êtes en cheveux maintenant, Louise ?

– Je ne retrouve pas mon bonnet, madame.

– En retard et tête en l'air…

Elle ne ratait donc jamais son train ? Elle n'était donc jamais malade ? Les ouvrières, ses amies, la regardèrent d'un air navré. Deux ou trois garces – on les connaissait – arboraient un sourire narquois. Aux lazzis, Louise ne répondait jamais. Elle prit place à son poste, parmi la douzaine d'ouvrières déjà au travail. Celui-ci consistait à découper à l'emporte-pièce de minces feuilles de bois qui deviendraient des étuis plats appelés « allumettes suédoises ».

À midi la cloche retentit. Les habitants du quartier purent régler leur pendule et les ouvrières étirer leurs membres engourdis. Les plus jeunes souffraient de travailler en batterie quatre heures durant, avec l'interdiction de bavarder. Interdiction qu'elles enfreignaient souvent ! Dans le réfectoire, chacune récupéra son cabas ou son panier.

Déballer son déjeuner devant de pauvres filles – toujours les mêmes – qui se contentaient d'un morceau de pain et d'un hareng procurait toujours une gêne à Louise. Pépère Joseph préparait pour « le petit oiseau » un menu disproportionné qu'elle s'empressait de partager avec l'une ou l'autre. Dans le baluchon se pressaient un demi-jambonneau et un morceau de gruyère, même un petit melon qu'elle dissimula et ramena le soir à la maison. »

« Mesdemoiselles, vous pouvez manger dehors. C'est une belle journée de printemps ! »

Ce furent des « hourras », des « chic alors », qui fusèrent jusqu'à la cour pavée où déjà les hommes avaient pris place sur des marches ou des appuis de fenêtres. Victor avait sorti des bancs pour les femmes. Jules, l'amoureux transi, attendait ce changement d'habitude printanière depuis des semaines. Il ne quitterait pas son groupe de copains mais il pourrait de loin la contempler. Au réfectoire, ils étaient séparés. Qu'elle était belle lorsqu'elle croquait dans une pomme, et charmante à s'esclaffer en mordant une tartine. Il espérait être le seul garçon à oser porter les yeux sur une telle merveille. Parfois elle se levait pour tapoter sa jupe et la débarrasser des miettes de son pain, ou refaire son chignon en laissant couler ses deux nattes.

Gaston, la trentaine, qui travaillait avec lui au soufrage, le tira de sa rêverie :

« Tu reluques ton Alsacienne ? On a encore dix minutes, tu joues aux osselets ? »

Vexé d'être découvert, Jules répliqua :

« Tu t'amuses comme un gosse !

– Toi tu te prends pour un homme mais tu fais pas le poids. »

Ils se donnèrent quelques bourrades pour rire et s'assirent par terre en tailleur, face à face.

Un cheval tirant une carriole bâchée entra dans la cour, son conducteur lâchant la bride pour refermer la grille derrière eux. La contremaîtresse interpella les deux manutentionnaires occupés à piocher dans un paquet de gris pour se rouler une cigarette.

« Terminée la pause ! Allez me décharger les bûchettes vite fait. »

Le conducteur, lui, habitué aux caprices de la donzelle fit exprès de prendre son temps. Il était convoyeur après tout, non portefaix. Pas mauvais bougre, il leur donnerait tout de même un coup de main.

– On va d'abord penser au picotin. Il en a sa claque depuis la Porte d'Allemagne[1] !

L'homme passa le sac rempli d'avoine à la tête du cheval. Elle y disparut jusqu'aux oreilles. Des cris, des rires. C'était la grosse Julie le centre d'attraction. Laquelle des cinq ou six gamines avait eu l'idée d'imiter le palefrenier en accrochant sa mangeoire à la tête de Julie ? Se débattant avec l'anse coincée par ses macarons, la brave fille riait elle-même, perdant ses moyens. Ce fut Victor qui délivra habilement la victime. Les bravos le firent se sauver en clopinant, la confusion mettant un peu de rouge sur son visage monstrueux.

Les deux gars à qui incombaient toutes les corvées déchargèrent les bûchettes. Ce bois était du peuplier, de l'aulne ou du mélèze. On disait qu'il venait du Jura et parfois de Russie ! Ils savaient qu'elles seraient converties en allumettes carrées avec leur bout en phosphore rouge. Ils avaient même reçu en cadeau un étui plat avec un frottoir sur le carton…

---

1. Actuelle Porte de Pantin.

« Moi, j'étais avec mon père à l'exposition universelle de 1900. C'était chouette ! On a vu une machine à confectionner et à emboîter les allumettes. Elle était en marche, t'aurais vu le rendement... Pendant que nos pauvres filles, elles se crèvent à ranger ça à la main. Qu'est-ce qu'ils attendent, bon sang. T'entends ce que je te dis mon gars : il faudrait une bonne grève.

– T'es marteau ! T'as la mémoire courte. Rappelle-le à ton père, lui il doit s'en souvenir. Le 18 mars 1893 il y a eu une sérieuse grève pour mise à pied de treize ouvriers. Ils étaient intoxiqués les uns après les autres avec les vapeurs, la poussière... Ils ont râlé. Eh bien le phosphore blanc a continué, et les gars débauchés ont rejoint les chômeurs ! Alors ta grève... »

Le cheval paraissait endormi, les yeux clos, la musette au ras du sol. Le conducteur rajusta la bâche, fessa le cheval et lança aux gars :

« Vous me préviendrez pour votre révolution ! »

Les écuries et les remises ne manquaient pas à Pantin. Non plus que les réserves de fourrage. Les graineteries poussaient à chaque coin de rue et les forgerons ne manquaient pas de travail. Les troupeaux de moutons et de bœufs qui venaient du Nord arrivaient par la route des Flandres[1], tandis que ceux de l'Est passaient par la Porte d'Allemagne, direction les abattoirs de La Villette. Pantin, c'était la

1. Actuelle avenue Jean-Jaurès.

plaque tournante, le garde-manger indispensable des Parisiens.

Vers 3 heures de l'après-midi, le marché avait démonté ses tubulures, empilé planches et tréteaux. Les chevaux emmèneraient le matériel qui serait remonté ailleurs sur le marché du lendemain.

On lavait à grande eau, la fontaine dispensant ses faveurs à l'ombre de l'église. Des communaux remplissaient un chariot de caisses éventrées, de paille et de journaux déchirés. Pour pénétrer dans le café-charcuterie il fallait enjamber un large ruisseau.

C'était l'heure morte. Pépère et mémère reposaient leur fatigue de la longue matinée là-haut dans leur chambre. Catherine essuyait inlassablement des tasses et des verres pendant que le patron mettait un tonneau en perce à la cave. La trappe demeurait ouverte, au centre de la boutique, et tout en fourbissant, la patronne guettait le client pour le mettre en garde :

« Attention, le trou est ouvert ! »

Jacquot, rentré de l'école, en fit l'expérience. Devant l'interdiction de descendre dans le gouffre des enfers – où pullulaient les rats, lui disait-on – il se pencha, pencha... pour apercevoir son père travailler, et chut à ses pieds avec la peau du dos écorchée tout du long par cet escalier qui tenait de l'échelle d'un meunier.

L'enfant se releva en scandant : « J'me suis pas fait mal, j'me suis pas fait mal ! »

Vêtu d'un simple maillot de corps, les muscles tendus, Henri ressemblait à ces athlètes qu'il avait aperçus un jour de foire pratiquant les poids et haltères. Lui qui était de taille moyenne profilait une ombre de géant sur le mur suintant.

– Tu vas te faire soigner tes écorchures par maman. Pour l'instant mets-toi au fond et ne bouge plus. Puisque tu veux voir, ouvre bien les yeux.

Jacquot obtempéra malgré la brûlure de son dos et sa peur des araignées. Se devinant admiré par son fils, le père ploya les genoux, saisit à bras le corps le tonneau et le mit sur le chantier.

« Tu vois, fiston ? Je fais sauter la bonde enfoncée avec un carré de toile sur le dessus du tonneau à l'aide de ce maillet en bois. »

Jacquot se mit sur la pointe des pieds pour suivre l'opération.

« Un petit coup de maillet à droite, un à gauche en tapotant sec. La bonde commence à gémir ; ça y est, elle saute. »

Il racontait si bien, ce père, que l'enfant s'imaginait voir une grenouille…

« Maintenant je peux enfoncer la cannelle qui va chasser le bouchon à l'intérieur du tonneau, conclua victorieusement Henri. C'est très délicat, tu sais, la pose de la cannelle ! précisa-t-il.

– Moi j'trouve que c'est un robinet, dit Jacquot, ce qui refroidit l'enthousiasme didactique du paternel.

– Puisque tu ne t'intéresses à rien, remonte. »

Sortir de la trappe, l'enfant adorait cela. Lorsque sa tête émergea, tel un diable bondissant de sa boîte, il se trouva face à face avec un bouledogue au collier hérissé de crin. Surpris, l'animal aboya, la dame attablée tira sur la laisse ce qui fit tanguer le guéridon et son chocolat. Quant à Catherine déjà sensibilisée par la couverture du *Petit Journal*, elle poussa un cri et pulvérisa le verre à cognac qu'elle finissait d'essuyer.

« Le verre brisé ça porte bonheur, madame Henri, dit un loustic mis à pied de la cristallerie à cause de sa maladresse et dépensant ses derniers sous.

– Je constate que cela ne vous a pas porté chance, s'enhardit Catherine, encore sous le choc. »

Le vacarme fit grimper Henri, un peu sonné par les effluves du vin et l'odeur forte de la saumure s'évadant du tonneau de choucroute. L'estaminet avait retrouvé son calme. La « bête du Gévaudan » était devenue un bon toutou entre les pieds de sa maîtresse qui traçait des huit avec sa cuillère dans son restant de chocolat, et Jacquot s'était éclipsé après ses émotions.

Les copains ne l'avaient pas attendu pour jouer les navigateurs sur le ruisseau aussi large qu'une rivière, comme sur le livre de géographie. Une toile de sac placée par l'égoutier pour laver le caniveau à la sortie de la bouche d'égout avait élargi le ruisseau devenu baignade pour les pieds galochés des enfants.

Y flottaient des papiers d'orange et une flottille de petits bois. Ils étaient cinq garnements à goûter le sirop de la rue. Jacquot, s'il était le plus jeune et petit pour ses sept ans, était respecté pour sa « situation ». Le fils du bistrot ! On le protégeait parce qu'il savait tenir sa langue en cas de pépins. Un coup de pied au derrière du paternel plutôt que trahir les copains. Celui qui fascinait le plus Jacquot, c'était Ernest ! Sa blouse grise trop longue laissait parfois apparaître ses jambes maigres, et ses deux bras l'apparentaient à une grande sauterelle. Ses yeux noisette qui n'avaient peur de personne étaient souvent cachés par des mèches rebelles qu'il chassait en secouant la tête comme un cheval à l'attache ou en soufflant avec sa lèvre inférieure avancée.

Ernest déplaça la serpillière qui partagea le flot en deux rigoles.

« Défais ta ceinture, P'tit Louis. On dira que c'est un serpent…

– T'es fou ! Qu'est-ce qu'il va prendre à la maison… avança Jacquot.

– J'aime pas les dégonflés. Tu la reverras ta ceinture. Jacquot ! Mets-toi devant la bouche d'égout, ordonna Ernest.

Alors P'tit Louis, au risque de perdre sa culotte, déroula le reptile qu'Ernest fit onduler dans le courant.

Ficelle, qui venait de ramasser des trognons de chou-fleur, se figea devant le manège des gamins :

« Qu'est-ce que vous avez encore inventé ? Comment je vais faire, moi, pour entrer au café avec toute cette flotte ?

– Pour entrer au bistrot, tu trouveras toujours un moyen, Ficelle ! C'est pour en sortir que tu as du mal », lança Ernest avec insolence.

La pauvre fille rigola, sa bouche de misère grande ouverte, et commença à se déchausser.

« Tu as vu, il y a un serpent ! » dit P'tit Louis, un vrai gosse à Poulbot.

Elle haussa les épaules et remonta la place de l'Église pour contourner l'obstacle et faire taire les mômes.

III

Les habitués du p'tit café

IL ÉTAIT L'HEURE POUR PÉPÈRE JOSEPH d'achalander sa desserte de charcuterie. Henri dut quitter son comptoir un instant pour lui permettre d'accéder « à la glacière ». Le réservoir métallique où se soudaient les uns aux autres des tronçons de pain de glace, séparait les vins frais du museau en salade. La température printanière limitait le souci de la conservation, mais aux grandes chaleurs Henri faisait sauter des blocs au pic à glace pour protéger dans une marmite norvégienne : pâté de tête, rillettes et jambon, sans oublier le saindoux. On laissait tomber la choucroute au profit des pieds vinaigrette.

De la cuisine provinrent les pleurs de Jacquot et les vitupérations de Catherine constatant l'état lamentable de l'épave :

« Tu sais qu'avec ton père, on veut bien que tu joues dans la rue, mais si tu te mets dans des états pareils, je te préviens ce sera fini ! Marcher dans l'eau avec ses chaussures, c'est une idée d'Ernest ? Naturellement, lui on ne lui dit rien, il est souvent nu-pieds ! »

Jacquot baissa la tête et attendit la fin de l'orage.

« Tu montes là-haut te changer de chaussettes et tu enfiles ton sarrau noir. Je dois aider ton père, c'est l'heure. Descends ton mécano et installe-toi dans l'arrière-boutique. »

Elle avait l'air vraiment fâchée. Il n'avait aucune idée de son âge. Tellement plus jeune que mémère toujours en noir, les cheveux partagés en bandeaux ! Il la trouvait beaucoup plus jolie que les autres dames qui venaient au café. Sa taille prise dans un corset et serrée par les rubans de son tablier faisait ressortir sa poitrine qui menaçait à tout moment de faire éclater le corsage ou jaillir dans un jet de siphon. Il avait cru longtemps que les seins abritaient les bébés. Vu l'opulence de ceux-ci, il restait persuadé de recevoir une petite sœur. Pour ses sept ans il avait eu la révélation à l'école par un initié en se fourvoyant dans la cour des grands, mais il lui restait un doute.

Alors que Ficelle, en sentinelle au comptoir, en était à sa deuxième absinthe, M. Pinson fit son entrée avec son invariable : « Bonsoir mesdames, bonsoir messieurs » un peu cérémonieux et gagna la table de marbre au piètement de fonte qu'aucun autre habitué ne se serait permis d'occuper. C'était « sa » table. Il chaussa ses binocles et déplia son journal *Le Peuple* dont il absorba les titres à l'encre grasse comme une gourmandise. Viendrait le rejoindre Albert, en chagrin de veuvage, à qui il pourrait faire un résumé des dernières nouvelles. Henri, sans les consulter, leur servit une Suze-cassis qu'ils remplaçaient l'hiver par un Picon chaud.

Don Quichotte et Sancho Pança arrivèrent à leur tour en lançant : « Salut la compagnie ! » Leur surnom leur collait si bien à la peau qu'on avait oublié leur vrai nom. Le petit ne s'offrait pas la bedaine du héros mais sa petite taille et sa tête rigolarde amusaient les clients. Henri sortit une canette de la glacière. Lorsqu'il s'accoudait au comptoir, Sancho disparaissait derrière sa chope de bière. De sa voix haut perchée, il attaqua Henri avec sa réflexion coutumière :

« Alors patron, toujours pas le tirage à la pression ? »

Henri haussa les épaules, puis écarta ses deux mains bien à plat sur le comptoir pour le regarder en face, et lui dit avec un sourire narquois :

« Tu as hérité de ta tante ? Tu me paies l'installation ? »

Le grand, sec et décharné, intervint comme à chaque fois que « son pote » semblait attaqué :

« L'ennui avec ta bière en canette, c'est qu'une fois ouverte elle se dégaze et que ça devient de la pisse d'âne… »

Henri ne riait plus.

« À vous deux la canette d'un litre n'a pas le temps de s'évaporer.

– Te fâche pas Riri, elle est bonne ta bibine, dit le « minuscule ». C'est pour te faire mousser un peu ! »

De sa table, M. Pinson intervint d'un ton sentencieux en rajustant ses binocles :

« Savez-vous M. Henri que le brasseur, s'il vous fait l'installation, prendra à sa charge le lambrequin, la peinture, la terrasse et… tenez-vous bien, le renouvellement de vos chaises.

– Eh bien M. Pinson, avec tous ces avantages, je ne comprends pas que vous n'ouvriez pas un établissement ! Je vous dis en passant qu'il y a déjà douze cafés sur la place de l'Église ! »

Catherine, qui s'absorbait à disposer des œufs durs sur leur support comme s'il se fut agi d'œufs pondus du jour, leva la tête et lança une information pour faire diversion :

« Vous souvenez-vous messieurs-dames (la dame c'était Ficelle), que demain nous sommes le 30 avril 1913 ?

– Y a quelqu'un qu'on guillotine ? lança Lulu en coupant l'effet de la patronne.

– Non, monsieur. Nous fêterons l'inauguration du tramway électrique. C'est une révolution ! Pour desservir la Manufacture de Tabac nous aurons bientôt une ligne Pantin-Quatre-Chemins… répliqua Catherine, un peu vexée.

– Bien sûr, on est au courant, dit Don Quichotte de sa voix d'outre-tombe. Nous deux on travaille à l'octroi. Avec le tramway tiré par les chevaux on prenait son temps pour faire payer la redevance ; on aidait à remplacer les bêtes. »

Pépère Joseph, qui pesait de la chair à saucisse, s'essuya les mains à son tablier en s'approchant du comptoir.

« Moi je ne suis peut-être pas de votre temps, mais je vais regretter les chevaux. Encore plein de gens qui n'auront plus de travail. »

Dédé, le copain de Lulu qui n'avait encore rien dit parce qu'il ne savait jamais quoi dire, prit à témoin Elophe Hermann, un des nombreux Alsaciens fuyant l'annexion venus s'implanter en 1870 dans cette banlieue nord. Il était arrivé tirant une charrette avec un matelas et quelques fourbis. Lui restaient la nostalgie du pays et l'accent qu'il se faisait une coquetterie de conserver. Il aimait fréquenter ce café où il retrouvait quelques payses : les patrons, pépère Joseph, et un vétéran parti de l'Est en 1849 lorsque fut installée la voie ferrée Paris-Strasbourg.

« Monsieur Hermann, ça doit vous faire mal de voir des chevaux à la retraite ?

– S'ils vont à la campagne c'est bien, mais pas à l'abattoir ! » dit Dédé.

M. Hermann reprit :

« J'ai travaillé des années à la distillerie Delizy et Doistau. Je m'occupais des chariots pour le transport des fûts d'alcool. Ils avaient une cavalerie superbe. On est pas prêt de remplacer les chevaux de halage, ceux qui convoient les bêtes aux abattoirs de La Villette. Et tous ceux qui font le transport. Nos braves paysans qui nourrissent la capitale ? »

Il enfouit ses regrets dans la mousse de sa bière.

Ficelle, cramponnée au rebord du comptoir pour ne pas vaciller, s'arrêta de boire pour émettre de petits gloussements.

« Pourquoi vous voulez supprimer tous les bourins de la circulation ? Paraîtrait qu'à Paris les fiacres sont si nombreux qu'on ne peut même pas traverser ! Y aurait plus de chevaux ! Tiens, j'aime mieux plus entendre vos bêtises. »

Elle ramassa son sac de trognons de choux, chercha son équilibre et sortit à l'air libre au grand soulagement d'Henri qui annonça :

« Demain matin j'installe la terrasse. Il y aura sûrement du monde pour voir votre patache. »

M. Pinson, déçu de l'absence d'Albert, replia son journal et s'adressa à Catherine pour qui il avait de l'admiration et peut-être le béguin.

« Chère petite madame, puisque nous passons à l'ère de l'électricité, j'aimerais voir votre établissement scintiller dans tous les coins pour vous éviter la fatigue d'allumer les lampes à pétrole. Bonsoir ! »

IV

Jules entre en scène

LA SURVEILLANCE INCESSANTE et les rappels à l'ordre qui tenaient d'aboiements de la part de la contremaîtresse fatiguaient plus les ouvrières que le bruit des machines. Louise allait échapper à cela. On l'assignait, ainsi que trois nouvelles, au poste « d'égalisage » où elles seraient sous les ordres d'un chef d'équipe à la réputation d'un homme bienveillant. « Vous en avez de la chance ! » avaient dit les copines.

En fin de carrière, il en avait tellement vu défiler des apprenties, qu'il ne manquait pas de patience et tolérait les rires de la jeunesse à condition que le travail n'en souffre pas. Sa devise était : le travail dans la joie. Il fallait quand même beaucoup d'imagination pour s'exalter à égaliser, c'est-à-dire à ranger les allumettes dix heures par jour ! Sa bonhommie rendait l'ambiance tellement différente du précédent atelier…

Louise, revêtue maintenant d'un tablier de cuir, pouvait rêver car le travail devint vite automatique. Elle pensait parfois à Jules qui se morfondait d'amour, mais pour qui elle n'éprouvait que de la sympathie. « Il est mignon », disait-elle aux curieuses. Elle pensait aussi à la robe neuve que ses parents lui avaient offerte et qu'elle étrennerait au bal organisé par Cartier-Bresson, la Société française des cotons à coudre. La grande amie de sa mère travaillait au « coton à broder » depuis des années. Grâce à elle, elles avaient visité toutes deux l'entreprise qui possédait en plus de sa fabrication des ateliers de teinturerie et de blanchisserie.

La grosse Julie qui participait à la nouvelle équipe lui fit raconter une fois encore :

« Dis, comment elle est la robe ?

– Tu sais Julie, ce n'est pas pour aller au bal du président de la République ! Bon. La jupe – longue jusqu'à la cheville – est en taffetas bleu ciel avec des plis qui s'évasent en marchant. Le corsage, à rayures bleues baleiné comme pour les dames, se ferme devant par deux rangées de boutons-boule avec un col montant. »

Julie ouvrit de grands yeux étonnés.

« Tu auras un chapeau ? demanda-t-elle pour ne rien perdre du tableau.

– Non. Maman a dit qu'un catogan suffit. »

Les deux bavardes dont les mains continuaient de travailler, furent interrompues par l'apparition du chef de section. Il effectuait le tour de tous les ateliers pour annoncer que la direction octroyait le lendemain matin une heure de retard pour voir passer le tramway électrique. « On vous précise que cette heure n'est pas pour flâner au lit. Vous arriverez à l'heure habituelle et devrez rester tout au long des bâtiments sur le parcours pour marquer la reconnaissance du personnel des Allumettes pour cette magnifique innovation. »

On entendit des « Merci monsieur » et des rires étouffés lorsqu'une ouvrière grommela : « J'aurais pu rester chez moi et le voir de ma fenêtre. J'habite en face… »

Ce printemps se voulait généreux. On se serait cru à la campagne. Les platanes de l'avenue, avec leur feuillage naissant d'un vert audacieux, formaient de gracieuses charmilles sous lesquelles plaisantait la grande famille des Allumettes. Ils se connaissaient tous, et même s'ils récriminaient parfois, étaient fiers de « leur maison ». Jules se glissa parmi les spectateurs jusqu'à se trouver dans le champ visuel de Louise. Elle lui adressa un sourire qui lui fit monter le sang à la tête et l'enhardit à se rapprocher davantage.

L'agitation des ménagères aux fenêtres annonça l'arrivée du tramway. Décoré de fanions multicolores, il affichait à l'avant l'emblème de la Compagnie. Il glissait sur les rails et avalait gloutonnement ces deux balafres d'acier. Sur le toit du véhicule, le trolley ondulait comme une danseuse le long du câble électrique. De part et d'autre caracolaient sur les pavés inégaux les chevaux.

À l'honneur, ces travailleurs de force méritaient les applaudissements. On ne s'en priva guère. Parfois ils reprendraient du service pour tirer un tramway défaillant.

Un sentiment de fierté parcourut l'assistance : ils étaient les témoins d'une vie nouvelle. Jules en profita pour frôler la main de Louise. Elle sursauta comme s'il l'avait brûlée.

« C'est beau, n'est-ce pas ? se hasarda-t-il à lui dire pendant que la foule des ouvriers, sans se presser, se dirigeait vers l'entrée de l'usine.

– Oui, c'est impressionnant. Les voyageurs vont gagner du temps, mais moi je continuerai de faire le chemin à pied. Dans ce machin électrique j'aurais encore l'impression d'être au travail !

– Vous aimez mieux flâner avec vos deux amies en passant par le canal ? Vous avez l'air de vous amuser… répondit-il en avouant sa filature. Il eut peur de l'avoir fâchée.

– Alors, à ce soir ! » lui lança-t-elle en rattrapant d'un pas léger une copine de l'égalisage. Il regarda s'éloigner les deux nattes sautillantes. Elle lui avait donné rendez-vous !

Au bas des marches de l'église, les enfants à croupeton traquaient la moindre perle échappée des couronnes mortuaires. Les filles, armées de leur barrette à cheveux les dénichaient entre les pavés. Une chance : c'était jeudi et il y avait un enterrement. La cloche sonnant le glas fit sortir les enfants des arrière-cours et des porches dans le même enthousiasme que le carillon des mariages et des baptêmes où l'on récoltait des sous et des dragées. Jacquot préférait les amorces aux perles, mais on pouvait envisager un troc. Aux alentours du corbillard, cloué là jusqu'à la fin du service, on faisait la meilleure récolte : fleur artificielle violette comme améthyste, tronçon de fil perlé de jais..., mais il fallait se méfier des chevaux qui au moindre tressaillement pouvaient donner un tour de roue et vous écraser la main. Le cocher ensommeillé ou lisant son journal se penchait soudainement de son siège, et brandissant son fouet effrayait les enfants. La peur du croquemitaine – ou plutôt du croque-mort – faisait partie du jeu. Dispersés comme une volée de moineaux, ils revenaient à la charge en rigolant.

Les porteurs, après leur macabre livraison, s'éclipsèrent pour aller s'accouder au comptoir du café. C'était rituel. Ils commandèrent un coup de blanc. Henri les connaissait depuis des années. Une profession qui faisait de vieux os... Parfois venait se joindre au quatuor l'ordonnateur de la cérémonie. Il posait son bicorne noir à cocarde à l'extrémité du comptoir pour ingurgiter un ballon, tout en examinant sa montre pendue à une chaîne. Mis à part cet inquiétant et muet visiteur, ils n'étaient pas moroses, ces gaillards, et ne parlaient jamais métier. Catherine n'aimait pas leur présence. Avec sa sensibilité elle imaginait les gens dans le chagrin et trouvait indécent leur comportement. « Vous ne voudriez pas qu'ils passent leur vie à pleurer ! lui disait pépère Joseph. C'est leur métier. Vous avez bien vos clochards et vos pochards, Catherine. »

Elle haussait les épaules et activait ses mains dans l'évier. Malgré le bruit des conversations, elle reconnut le pas traînant du « Parisien » dans le couloir qui longeait la boutique. On ne savait pas grand-chose de lui, sauf qu'il logeait avec sa vieille mère au fond de la cour et qu'il était peintre. Sa maigreur et ses traits émaciés laissaient deviner une mauvaise santé due sans doute à la misère. Sa veste de drap noir dans laquelle il flottait portait les marques d'usure ainsi que les reflets verdâtres du temps. Il venait quelquefois le matin pour un café-crème en s'installant quelques instants à une table. Il calait entre ses pieds un carton à dessin de petites dimensions et une boîte en bois aux angles éculés fermée par une sangle, laquelle lui permettait de l'ajuster sur l'épaule. Henri, que le personnage intriguait, avait tenté la conversation, mais celui-ci restait laconique. Découragé par ce silence obstiné, le patron déléguait Catherine pour le servir.

– Tiens, sers « l'artiste », disait-il avec un brin de jalousie car elle lui prodiguait un sourire et lui laissait le sucrier.

Jules, qui travaillait au trempage des allumettes, retira sa plaque du bain de soufre et l'égoutta avec lenteur. Épuisé, il escomptait bien que ce serait la dernière de la journée. La cloche ne tarderait pas à retentir et il ne voulait pas perdre une seconde sur son rendez-vous. Il fallait passer au lavabo décrasser les mains et faire un brin de toilette pour tenter de se désolidariser de cette odeur de soufre qui vous colle à la peau.

Dans le couloir il croisa Victor. Sans son chariot sur lequel il appuyait son infirmité, il ressemblait à une araignée, les bras écartés, la tête penchée en avant au risque de perdre l'équilibre. Jules l'aimait bien, reconnaissant de son soutien lors d'une injustice. Seul le « vieux » osait hausser le ton face à la patronne, malgré son handicap. Ce soir, le garçon n'avait pas le temps de bavarder. Il bredouilla quelques excuses mais il ne fallait pas en conter à Victor.

« Toi, tu as un rendez-vous, fiston ! Tes cheveux plaqués, peut-être à l'huile de machine, et ta veste bien boutonnée… Je parierais que c'est l'Alsacienne, la belle Louise ? »

Jules piqua son fard, rit gauchement et emprunta la sortie en courant. Elle l'attendait, un peu plus loin sur le trottoir, immobile sous son parapluie, et l'invita à s'abriter près d'elle. C'était une pluie légère, discrète comme une respiration, exhalant une odeur de terre mouillée et de feuillage tout neuf. Ils marchaient le long de l'avenue sans se parler : lui tout à l'écoute du bruissement de sa robe lorsqu'il la frôlait, elle attentive au crépitement des gouttes sur son parapluie. Aux abords du canal qui prenait des allures de campagne, elle s'écartait de lui pour éviter les flaques, sautillait avec ses bottines comme une enfant, et revenait contre lui en faisant danser son parapluie comme elle l'aurait fait d'une ombrelle. Ce jeu brisa leur timidité et ce fut elle qui parla :

« Tu n'es pas trop fatigué par ton travail ? C'est dur le soufrage !

– Toutes les chaînes sont fatigantes. Les premiers jours on pense qu'on ne tiendra pas, et puis… on s'habitue.

– Tu voudrais faire un autre métier ?

– Oui. J'aimerais travailler à la campagne. Avoir une ferme, faire l'éleveur quoi, ou agriculteur. »

Elle ne répondit pas et son visage trahit la déception.

Ils s'étaient arrêtés à regarder les péniches dont la fumée se dissolvait dans la grisaille de la pluie.

Il reprit, pour tenter d'expliquer ce qui lui tenait à cœur :

« On supprime les maraîchers à Pantin pour laisser la place à de nouvelles usines. La campagne est grignotée petit à petit. J'habite avec mes parents aux « Limites », à deux pas des broyeuses d'ordures, toutes les ordures de la capitale. Tu comprends pourquoi j'espère un autre horizon…

– On aurait dû naître quelques années plus tôt. Mon grand-père raconte qu'à Pantin, au XVIIIe siècle, il y avait de belles demeures qui appartenaient à des gens très célèbres et très riches qui venaient de Paris y séjourner avec leurs amis. Ces maisons on les appelait des « folies », tu n'as qu'à voir ! Tu as entendu parler de Beaumarchais ?

– Non, ça ne me dit rien…

– Et les deux grandes danseuses : La Guimard et La Camargo ?

– Tu sais, chez moi, on n'avait pas le temps de s'instruire, et mon père il lisait juste un peu le journal… »

Ils avaient quitté le canal en gravissant quelques marches qui menaient à l'impasse du Canal. Après avoir longé l'école St-Joseph, ils débouchèrent sur la place de l'Église. La pluie avait cessé et on apercevait au-dessus des toits un départ d'arc-en-ciel.

« Mes parents tiennent le café. Celui que tu vois là-bas. Viens avec moi je vais te dire une belle histoire. »

Ils empruntèrent l'étroit couloir longeant la boutique dans sa profondeur et traversèrent la cour. Entre les pavés émergeaient quelques brins d'herbe. Elle lui indiqua le rez-de-chaussée où logeaient le peintre et sa mère. Au pied d'un portillon, des pâquerettes s'évadaient d'un terrain où de vieux arbres qui avaient dû porter des fruits, disputaient la place à des buissons montés en graine mêlés à des ronciers. Le fouillis de verdure empêchant d'apercevoir l'extrémité de l'ancien jardin, elle lui expliqua qu'il était si immense qu'il aboutissait rue du Centre, près de la ferme et du marchand de vinaigre.

– Tu vois ? Il y a aussi une mercerie et un marchand de graines. La maison et le jardin appartenaient à un grand musicien : Étienne Nicolas Méhul.

« Ça y est, pensa le garçon, elle recommence ». Il fit la grimace :

« Je ne connais pas ce nom-là.

– Tu as déjà entendu “Le chant du départ” ? Eh bien c'est lui ! Il n'avait pas que le talent de musicien, tu sais. Il était aussi botaniste. Sa passion pour les fleurs le poussait jusqu'en Hollande pour acheter toutes sortes de tulipes. Ce jardin que tu imagines était très visité à l'époque… »

Il lui coula un regard admiratif. S'il ne se sentait pas à la hauteur de la conversation il éprouvait un plaisir intense à l'écouter. Timidement il dit :

« Dommage qu'il ne reste rien, sauf le souvenir. C'est triste…

– Moi, ce que je regrette surtout, ce sont les guinguettes. Les gens consommaient et s'amusaient… J'adore danser.

– Tes parents qui tiennent le café, ils ne pourraient pas faire une guinguette ?

– Tu sais c'est tout petit à l'intérieur. On danse devant la boutique au 14 Juillet ! Papa installe les tables sur le trottoir. Il y a aussi mes grands-parents qui ne savent plus où donner de la tête pendant deux jours ! »

Jules ne fréquentait pas les cafés. Il fut très intimidé lorsqu'elle le poussa devant elle et qu'il fut immergé dans un brouhaha de conversations. Certains clients buvant au comptoir parlaient fort, d'autres s'esclaffaient. Ils étaient si nombreux qu'ils s'étalaient sur deux rangs. Elle lui cria dans l'oreille : « C'est l'heure de l'apéro ! » Malgré l'affluence on boudait les tables car il restait un guéridon libre avec deux chaises. Louise l'engagea à s'asseoir. Il posa sa casquette sur ses genoux. Après une salutation à M. Pinson et Albert, l'unijambiste qui jouait aux cartes avec Lulu, elle s'installa à ses côtés avec un aplomb qui le stupéfia. Ainsi, cette dame à l'opulente poitrine, c'était sa mère qui tant absorbée à préparer les élixirs ne semblait pas les avoir aperçus. Mais rien n'échappait à Henri. Il jeta son torchon pardessus son épaule et se dirigea vers eux. Louise prit les devants :

« Bonjour papa ! Je te présente Jules qui travaille aux Allumettes. Il voulait vous connaître.

– C'est gentil ça, mais ce n'est pas le moment choisi. Bonjour, jeune homme. »

À ses yeux furibards, Louise comprit que son père n'était pas content.

« Tes grands-parents sont montés. Tu peux nous donner un coup de main ?

– Tu nous sers une grenadine, mon p'tit papa. Jules m'invite. »

Henri ne répondit rien, murmura quelque chose à Catherine qui, étonnée, les dévisagea en affichant un sourire que Louise connaissait bien et qui n'augurait rien de bon. Elle porta les deux grenadines.

Jules se leva pour la saluer.

« Bonjour ! Vous travaillez ensemble ? Dommage de venir à pareille heure. Louise est gentille mais elle a parfois de drôles d'idées. Revenez avec elle à un autre moment, on vous recevra mieux. Bien sûr, j'offre les consommations. »

Il but sa grenadine d'un trait à perdre le souffle, dit « au revoir à demain » à Louise qu'il ne supposait pas si téméraire, et se faufila hors du café en marchant sur des pieds, bousculant des fessiers, jusqu'à la rue.

V

Le bal de Cartier-Bresson

ILS AVAIENT BIEN FAIT LES CHOSES chez Cartier-Bresson. Pour ce premier bal, Henri n'avait pas hésité à commander un fiacre pour Louise et sa mère. Lorsqu'elles furent prêtes, elles passèrent par l'arrière-boutique et traversèrent la salle de café. Bien qu'il fit nuit, les habitués se trouvaient présents et ne retinrent pas leur sifflement d'admiration. C'était leur second foyer pour échapper aux cris des gosses dans un logis de misère ; pour retrouver les copains qui ne les laisseraient pas dans la débine ; pour reprendre la discussion de la veille et s'étourdir un peu la tête afin d'oublier l'usine.

Parmi les clients, le peintre était attablé au fond, avec sa discrétion coutumière, devant un Viandox et une paire de saucisses qui lui tiendraient lieu de dîner. Lui resta muet. Louise, éblouissante de beauté, croisa son regard et y lut de la stupeur. Oui, elle lui apparut avec tant de fraîcheur et de grâce nimbée dans ses atours de bleu céleste, qu'il l'identifia aux femmes de Watteau, aux pastels de Fragonard.

Après les avoir fait monter en voiture et murmuré : « Bonne soirée », Henri revint dans la boutique, ému jusqu'aux larmes. Sa fille grandissait, et qu'adviendrait-il si elle les quittait ?

« Eh bien ! s'exclama Lulu, c'est un beau brin de fille ! »

Dédé enfonça le clou dans le cœur paternel :

« Jolie comme elle est, les garçons n'ont pas fini de tourner autour ! »

Soudain de mauvaise humeur, Henri pencha la tête dans sa glacière et, à coups de pic, détacha quelques glaçons.

À sa décoration, on ne pouvait pas soupçonner que cette salle de bal était en réalité un ancien entrepôt. Fraîchement repeints, les murs s'adornaient de guirlandes confectionnées par les ouvrières, avec des cordelières, des glands et des pompons à la mode Napoléon III rappelant la fonction de la Maison. Autour de la pièce s'alignaient des chaises de velours rouge dites « à la reine », louées pour l'occasion. Sur une estrade où l'on avait hissé un piano, cinq ou six musiciens en queue-de-pie et nœud papillon jouaient déjà en sourdine une mélodie à la mode. Louise et sa mère rejoignirent leur amie, laquelle s'empressa de les présenter à quelques personnalités, vu son ancienneté et la place qu'elle occupait dans l'établissement. Des messieurs à barbichette que Louise trouva très vieux s'inclinèrent devant cette beauté, les yeux brillants de convoitise. Après deux discours qui ennuyèrent les dames, cachant des bâillements derrière leur éventail, on ouvrit le bal avec une valse viennoise très en vogue. Les « duègnes » reposèrent leur fatigue sur un siège de velours tandis que les danseurs de tous âges invitaient les jeunes demoiselles. Les galants entourèrent Louise comme une volée de moineaux. Catherine, un peu vexée de n'être pas sollicitée, s'assit le cœur gros en pensant que dorénavant seul lui restait le rôle de chaperon… Elle se contenta de jauger les partenaires de sa fille en battant la mesure de petits coups de bottines sur le plancher.

Des coupes de champagne et des petits fours circulant sur des plateaux interrompirent l'orchestre. Le visage animé par la danse, Louise revint vers sa mère en conversation avec d'anciennes connaissances.

« J'aimerais qu'on s'en aille, maman, murmura Louise.

– Mais tu as quatre ou cinq noms sur ton carnet de bal ! Tu ne peux pas te conduire comme ça ! Tu as pourtant l'air de t'amuser…

– Ces hommes m'ennuient. Ils sont moches et ils ont tous les mains moites.

– Je te trouve bien difficile. Il y a de pauvres filles qui rêveraient d'être invitées et qui font banquette…

– Raison de plus, maman. En partant je leur laisse une chance. Je leur abandonne mes cavaliers. »

Catherine resta sans voix, privée d'arguments. Justement, elle-même commençait à s'amuser. Et puis bientôt ce serait au tour des dames d'inviter un partenaire. Après avoir passé en revue les jeunes blondinets à moustache naissante et les hommes d'âge à boutonnière décorée d'un insigne militaire, elle avait jeté son dévolu sur un « monsieur très bien », un artiste sans doute, car il arborait une lavallière et avait piqué une épingle de cravate sur son revers de veston. Ses cheveux tout bouclés, lui interdisant de partager ceux-ci par une raie, le faisaient ressembler à un romantique. Dommage, mais « la gamine » ne voulut pas en démordre. Elle voulait partir et son air ronchonneux ne laissait aucun espoir de revirement.

Elles s'éclipsèrent discrètement, montèrent dans la première voiture d'une file en attente et, sans s'adresser la parole, regagnèrent la place de l'Église.

C'était une nuit sans lune. Les réverbères dessinaient une lumière verte sur les pavés. Quelques chats attirés par l'odeur de salaison émanant de la cave miaulaient à fendre l'âme devant le soupirail.

Le rideau de la boutique désespérément fermé, elles durent emprunter le couloir où elles croisèrent un rat.

« Tu peux dire que tu nous fais passer une bonne soirée », dit Catherine avec amertume.

Au fond de la cour, la lueur frissonnante d'une bougie éclairait la fenêtre du peintre. On discernait même sa silhouette assise, appuyée contre une table. Écrivait-il ? S'abîmait-il dans une lecture ou travaillait-il à un dessin ? La jeune fille s'approcha du carreau, mit ses mains en visière et vit qu'il croquait un chat endormi sur le coin de la cheminée. Catherine, outrée de tant de sans-gêne, attrapa sa fille par sa ceinture et la rejeta en arrière.

« Décidément ma fille, tu es folle ce soir ! »

Cette exclamation fit lever la tête à l'artiste. Il ouvrit la fenêtre au moment où les femmes s'enfuyaient.

« Pardon si je vous ai effrayées mesdames, dit-il. Lorsque j'ai aperçu une ombre derrière les carreaux, j'ai pensé à un rôdeur. Il n'y a rien à prendre ici mais ma pauvre mère aurait si peur… »

Mal à l'aise, Catherine malmena son réticule d'une main à l'autre en bredouillant des excuses. À son tour le peintre esquissa une courbette.

« Pardonnez mon impolitesse, l'heure n'est pas à la conversation et je vous tiens debout… Permettez madame, si demain je vous présente une requête.

– Je l'entendrai volontiers mon bon. Gardez-vous cette nuit !

– Vous de même, mesdames. »

Le garçon referma la fenêtre, ne détachant pas son regard de la jeune fille qui s'effaça dans l'obscurité.

Elles montèrent l'escalier sur la pointe des pieds. Seul le bruissement de la robe de taffetas de la mère dérangea le silence. Là-haut les grands-parents dormaient vraisemblablement. Quant à Henri, ses ronflements rappelaient les rugissements d'un lion. En embrassant sa mère, Louise lui souffla :

« Qu'est-ce qu'il veut te demander, le peintre ?

– Aucune idée. Bonsoir ! »

Dans ce « bonsoir » un peu sec, Catherine fit comprendre à sa fille sa déception et la désapprobation de son attitude. Quelle mouche la piquait ces jours-ci, sa Louison si gentille ?

Le lendemain, à l'atelier, Louise fut pressée de questions. Julie voulut tout savoir. Elle dut attendre l'heure de la pause. Les autres filles, curieuses, s'assemblèrent autour de la conteuse dans la cour. Les questions fusaient de toute part :

« Vous avez pris un fiacre ? Ça a dû vous coûter une pincée !

– Un orchestre comme à l'Opéra ? Moi je préfère danser sur l'accordéon.

– Il est magnifique ton carnet de bal. Satin blanc et brillants ! C'est des vrais ? Il y en a des noms ! T'as dansé avec tout ça ?

– Laissez-la nous parler des cavaliers. Chut ! On t'écoute Louison. »

La belle Alsacienne qui n'avait jamais tâté de la comédie, grisée d'être ainsi le centre d'intérêt, se mit à mentir effrontément pour ne pas décevoir son entourage. Elle s'inventa un ambassadeur, ou quelque chose comme ça, qui avait cherché toute la soirée à s'interposer entre ses divers cavaliers car il était fou d'elle. Elle évoqua un saint-cyrien beau comme un dieu qui avait menacé de provoquer en duel un vieux barbon. Un jeune romantique s'était mis à ses genoux pour qu'elle lui accorde une valse…

Plus Louise inventait, plus elles en redemandaient.

L'arrivée bruyante d'un ouvrier-charretier bien connu, tiré par son non moins célèbre cheval nommé Bijou, détournèrent l'attention du groupe de bavardes. Elles firent des mines au bonhomme et des câlins à l'animal. Elles durent enfin se disperser pour laisser la place aux manutentionnaires. La cloche indiquant la reprise du travail sonna le glas des affabulations de Louise. Son public s'était envolé. Dans l'encoignure d'une double porte, Jules fumait une cigarette, la regardant avec un sourire ironique. Depuis combien de temps était-il là ? Avait-il entendu son récit ? Ses grands yeux bleus l'interrogèrent. Il repoussa d'un coup de pouce sa casquette vers l'arrière, accentua son sourire moqueur et entra dans son atelier sans lui dire un mot. Elle enragea. Il n'avait pas l'air d'être jaloux. Son ironie laissait à penser qu'il ne coupait pas dans ses histoires. La journée lui sembla longue et exécrable. Elle n'eut de cesse de le capter pour savoir ce qu'il pensait d'elle. Deux soirs de suite il était déjà parti sans l'attendre ! Son impatience à le rejoindre pour rentrer chez elle en sa compagnie lui fit découvrir qu'elle devait être amoureuse. Amoureuse ou dépitée de s'être montrée ridicule ? Elle mit son orgueil de côté, sortit une des premières de l'atelier et l'attendit à la grande porte, bousculée par les ouvrières – oiseaux échappés d'une volière –, et les hommes qui récupéraient leur bicyclette avec le même plaisir de retrouver un bon chien.

Elle l'aperçut, serrant des mains, tapotant une épaule, avec des « à demain vieux ! » ou « bonne soirée ! ». Il semblait heureux de ces brefs élans d'amitié. Sans doute était-il moins solitaire qu'elle ne se l'était imaginé… Elle fit mine de resserrer le lacet d'une bottine afin qu'il passât à sa hauteur.

« Bonjour Louise ! Ou plutôt bonsoir. Je ne te voyais plus. Tu as été malade ? Une indigestion de p'tits fours ? »

Elle rougit. Le tramway électrique avec son bruit de ferraille leur coupa et la route et la conversation, ce qui permit à Louise de partir sur un autre sujet.

« Ce soir à la boutique il se passe un événement d'importance. Nous aurons l'électricité ! Les clients vont en faire une tête… Depuis des jours qu'ils en causent avec mes parents. Je ne suis pas prête de me coucher, mon père va marquer le coup.

– Dommage que tu sois pressée, lui dit-il avec regret. J'avais l'intention de faire un détour à la société La Française pour me renseigner sur le prix d'un vélo Diamant.

– Tu es riche dis donc ! s'exclama-t-elle en riant. Les vélos Diamant c'est les plus chers.

– Et les meilleurs ! Victor me recommande à un gars qui monte les boyaux. »

Elle le regarda sans comprendre. Les boyaux ? Ils se mirent à rire tous deux, heureux de sentir le nuage de discorde s'évanouir. C'est avec joie qu'elle accepta la promenade buissonnière.

« J'espère que l'usine ne sera pas fermée… » dit le jeune homme. Il l'entraîna d'un pas accéléré, poussant l'audace à lui donner le bras puisqu'ils s'étaient éloignés des collègues de travail. Non, il n'était pas riche mais avait le sentiment des convenances. Pas question de compromettre la réputation d'une jeune fille.

« Si tu achètes un vélo, nous ne reviendrons plus ensemble ? » questionna-t-elle avec logique.

À croire qu'il n'avait pas envisagé cette conséquence. Si « sa chère Louise » semblait regretter ce changement éventuel, c'est qu'elle n'était pas indifférente.

Ils arrivèrent à La Française. La marche forcée avait rosi le visage de la jeune fille et allumé ses yeux. Il la trouva si belle qu'il s'engagea dans une promesse un peu folle :

« Si je peux m'offrir cette bicyclette, je ne m'en servirai que le dimanche. Viens avec moi voir ce bonhomme, Louise.

– Si nous sommes deux, il va te proposer un tandem ! »

Ils pouffèrent de rire mais reprirent vite leur sérieux. Décidément ce petit Jules, il n'était plus l'amoureux transi, tremblant de timidité. Elle se tint à l'écart lorsqu'il passa en revue les différents modèles, s'intéressant aux détails techniques et s'informant des prix. Grâce à la recommandation de Victor, on lui accorda un règlement échelonné. Depuis longtemps déjà il économisait. Il annonça à Louise qu'il aurait bientôt une bicyclette verte.

« Pourquoi verte ? demanda-t-elle, étonnée.

– Parce que c'est la couleur de l'espérance. Et comme je suis heureux… »

VI

L'équipée au Jambon Français

HENRI AVAIT BIEN fait les choses. « Ils » avaient enfin l'électricité ! Il lui tardait d'éclairer la boutique. Il avait même tenté des essais alors que le soleil de mai gratifiait encore sa vitrine de rayons attardés. « Revenez à 9 heures » murmurait-il aux habitués. À l'heure dite, il se garda bien de fixer les volets. Ce n'était pas désagréable de montrer à la ronde que l'on était dans l'air du temps. De quoi faire baver de jalousie les cafés de la place dont certains s'éclairaient encore à la bougie.

Pépère Joseph avait accepté de déménager son étal de charcuterie. Il avait fallu recourir aux bras costauds de deux gars habitués à installer le matériel du marché. Ce meuble, encombrant une partie de la salle à manger, n'était pas au goût de Catherine mais elle dut s'incliner. Lorsque Henri avait une idée en tête… Il s'était rendu lui-même à la Halle aux vins pour choisir et se faire livrer une barrique d'un vin étranger coupé d'un jeune cépage. « Ils m'en diront des nouvelles » avait-il dit à Jacquot qui l'accompagnait.

Les clients furent attirés par la lumière comme des phalènes. La boutique eut du mal à engranger tout ce monde. C'était un public masculin, mis à part Ficelle que l'on considérait comme une androgyne bien que personne n'ignorât qu'elle faisait pipi debout, jambes écartées au-dessus du caniveau, puisqu'elle portait un pantalon fendu ! Certains hommes confiaient parfois au patron : « La bourgeoise, elle est furax que je vienne dépenser ma paie chez toi ». Henri en avait conscience, mais quoi, c'était son boulot. Faire la morale, comme avait tendance à faire Catherine (« vous n'êtes pas raisonnable »), risquait d'envoyer le bonhomme en face, et ça jamais. Perdre un client, c'était une amputation. L'absence était d'ailleurs constatée aussitôt par les habitués. La surprise se changeait en inquiétude si elle se prolongeait.

Ce soir, ils étaient tous là. Henri exultait. Bien sûr, pas les croque-morts ni les convoyeurs ; pas les chevillards ni les commerçants du marché, mais… M. Pinson qui avait accepté de fermer sa porte à clef et de sortir à une heure inhabituelle.

Comme promis Albert avait amené son accordéon et le vin aidant – offert par la maison – (« Une ruine », avait déclaré mémère), ils chantèrent *Viens Poupoule*, *En revenant de la revue* et *Nini peau de chien*.

Ils trinquèrent à la santé des patrons et firent une ovation à la fée électricité. L'unijambiste, après s'être fait prié, chanta *Le Fiacre*. Les gars se tordaient de rire, ce qui encouragea le surnommé « Don Quichotte » à monter sur une table pour une démonstration de claquettes. Ce grand escogriffe touchant presque le plafond, Henri lança en plaisantant : « Il va bien me casser une ampoule ! » On pria Ficelle de chanter quelque chose. Elle s'était faite belle et avait mis des couleurs sur son visage blafard. Au grand étonnement de tous, elle interpréta une pièce à dire, *Du mouron pour les p'tits oiseaux*, de Jean Richepin, sans faillir dans les paroles. Sa voix cassée ajouta un brin d'émotion au mélodrame et certains essuyèrent une larme furtivement. Ensuite ils devinrent cocardiers et même revanchards. Pour faire plaisir à Henri et surtout à pépère Joseph qui avait refusé de monter se coucher, Catherine évoqua leur belle Alsace en chantant : *Dis-moi ! Quel est ton pays ?* Sollicitée, elle leur offrit *Les rubans de l'Alsacienne* qui fit pleurer son beau-père.

M. Pinson qui avait décliné l'offre du vin et préféré une tisane, se leva pour applaudir et briser l'émotion générale.

« Vous chantez fort juste, chère madame. Cela fait plaisir d'entendre de belles mélodies sur un drame qui a déchiré notre pays. »

Il fut approuvé et satisfait de jouer un peu les vedettes. Il continua : « Ce n'est pas comme ce qu'on veut nous faire avaler !

– Savez-vous qu'au théâtre des Champs-Élysées, un spectacle a fait scandale ? Tout Paris en parle ! »

L'accordéoniste, content de reposer les poumons de son instrument et lui-même de souffler un peu, vint s'asseoir près de Louise réfugiée au bout du comptoir.

« Allez M. Pinson, à vous de jouer. Parlez-nous de ce qui se passe dans la capitale. Vous qui avez toujours le nez dans le journal !

– Il s'agit d'un ballet d'un certain Nijinski sur une musique de Stravinsky. Des étrangers, des hurluberlus… Le titre était prometteur : *Le Sacre du printemps…* »

Comme la plupart des clients se moquaient éperdument de ce qui se passait en dehors de Pantin, leur territoire bien délimité, ils prirent congé des patrons et des copains. On éteignit la lumière. Le café rentra dans sa nuit.

Ce jour-là, pépère Joseph allait à Paris. C'était son expression, mais tout le monde savait qu'il passait juste la porte de Pantin pour se rendre au Jambon Français rue Eugène-Jumin. Le but : s'achalander en charcuterie, celle qu'il ne pouvait confectionner lui-même. Il choisit un jeudi à la grande joie de Jacquot qui put l'accompagner. Henri profitant de l'heure creuse, s'accorda une pause en regardant du seuil de la boutique s'éloigner son fils et son père. Celui-ci était encore fringant pour ses soixante ans ! Depuis Pâques il avait troqué son chapeau melon contre son canotier, mais avait été contraint de renoncer à son costume d'alpaga, mémère ayant déclaré qu'il serait ridicule ainsi vêtu pour acheter du jambon ! Ils prirent le tramway électrique pour la première fois depuis sa mise en service. Au retour ils franchiraient l'octroi en s'acquittant du droit sur leur marchandise.

Fier de montrer à son petit-fils qu'il était connu dans l'établissement, pépère se fit accorder la permission exceptionnelle de lui montrer la fabrication des jambons. Ce qui amusa le plus l'enfant, ce fut la silhouette de ce dernier flottant dans une blouse, les mains cachées au profond des manches comme dans les histoires de fantômes.

Le peintre profita-t-il de l'escapade des deux larrons ou du demi-sommeil du patron mou et désoccupé après les fastes de la soirée ? Il vint s'accouder au comptoir désert sur lequel il claqua un œuf dur en espérant la venue de « madame Catherine. »

Elle n'était pas bien loin, s'appliquant à repasser des torchons dans la salle à manger. Il fallait une oreille habituée pour reconnaître le bruit familier de l'œuf sur le zinc.

Le garçon se troubla à la vue de la patronne, comme s'il était pris en faute. Il lui tendit une main où s'attachaient encore quelques fragments de coquille.

« Je voulais vous entretenir d'une chose… très importante pour moi. »

Catherine s'attendait à tout.

« Vous savez que je suis peintre. Mademoiselle votre fille possède un visage dont la toile doit immortaliser la beauté. Acceptez que je fasse son portrait, je ne trouverai jamais pareil modèle. »

Catherine fronça les yeux et sembla réfléchir. Il pensa que la cause était perdue. Il eut le courage d'insister :

« Vous pourrez assister à la pose, madame. L'atelier est si proche. Ma mère sera présente, n'ayez crainte. Elle ne quitte guère son fauteuil.

– Que ferez-vous du tableau, monsieur ? Au fait, je ne sais même pas votre nom ?

– Anselme de Terrande. »

Elle reçut ce nom comme un coup de siphon. Il avait l'habitude de cette réaction et répondit à la question :

« Ce portrait je l'enverrai au Salon qu'organise un peintre célèbre. »

Ce rapin si humble et si miséreux l'éblouit soudain. Ainsi il descendait d'une famille à particule. Peut-être un châtelain ruiné ainsi que tant d'autres désargentés ! Elle lui sourit, finalement flattée de la demande qu'elle accorda sans même consulter Henri et l'intéressée.

Il ne tarit pas de remerciements et manifesta sa joie en commandant un café arrosé. À ce moment, Henri, qui prenait un bol d'air sur le trottoir en guignant la sortie d'un baptême qui ne manquerait pas d'atterrir chez lui, rentra en sifflotant.

« Je vais le servir, Catherine. Un café arrosé ? Calva ou rhum ?

– Calva ! lança le peintre. Cela me rappelera ma Normandie… »

Après le départ du jeune homme, Henri triomphant dit à son épouse :

« Maintenant je sais d'où il vient !

– Mon cher ami, j'en sais encore beaucoup plus… »

Pépère et Jacquot rentrèrent de leur mission tous deux chargés d'un paquet ficelé, noué sur une poignée offerte par *La Samaritaine*. Catherine aida à déballer deux beaux jambons sur lesquels tremblait par endroits une gelée rose appétissante.

« Vous n'êtes pas trop fatigué, papa ? demanda Catherine.

– Cette sortie en garçon était une véritable promenade ! De plus, on ne nous a rien fait payer à l'octroi. Tiens bonhomme, pour ta peine, dit-il à l'enfant en sortant deux sous de sa poche. C'est pour ta tirelire. S'adressant à sa belle-fille : – Je monte voir mémère… »

Après avoir embrassé le grand-père, Jacquot demanda :

« J'peux aller jouer dehors, m'man ?

– Lave-toi les mains ! »

Décidément, c'était une manie chez elle ce souci des microbes ! Henri lui fit remarquer qu'il ne servait à rien de faire toilette pour aller se rouler sur le trottoir avec les garnements. Le petit profita de ce différend pour s'éclipser. Les copains en rang d'oignons aux abords de la rue d'Allemagne regardaient défiler un troupeau de moutons encadré par deux chiens. Pour ne pas trop gêner la circulation, le berger de queue pressa les pauvres bêtes de quelques coups de bâton, ce qui causa une bousculade, certains moutons bêlant à fendre l'âme. P'tit Louis, apitoyé murmura « Pauvres bêtes ! ». Ernest, dans son rôle de dur qui n'aime pas la sensiblerie lui tapa sur la tête :

« Dis donc la mauviette, tu cracherais sur une tranche de gigot ? Regarde, ils sont marrants avec leur tatouage rouge sur les fesses.

– Y savent pas qu'y vont mourir…

– Ben toi non plus. Tu peux te faire écraser dans cinq minutes ! »

P'tit Louis fit des efforts pour retenir ses larmes. Jacquot lui montra ses deux sous.

« Viens, on va acheter des roudoudous chez Angèle. »

Ernest les regarda s'éloigner puis siffla dans ses doigts pour rassembler sa brigade. Il tira de sa poche un peloton de laine qu'il coupa en tronçons avec ses dents.

« On va jouer à chat-perché, les gars. On tire à la courte paille pour savoir celui qui s'y colle. »

C'était, chez Ernest, cette ingéniosité dans les jeux qui fascinaient les gosses.

« Comment tu as eu la laine ? questionna le plus jeune.

– J' l'ai piquée à ma mère, ballot !

– Si elle t'avait vu ? demanda Jacquot, que l'idée de piller la boîte à ouvrage de sa mère n'effleurait même pas.

– C'est pour les beignes injustes que j'reçois », répondit le garçon en rejetant sa mèche d'un coup de tête.

Le sort tomba sur lui pour s'y coller.

« Grouillez les mômes, j'compte jusqu'à 30... »

Ce fut la débandade. Les plus rapides coururent vers l'église pour se statufier sur une marche ; un autre sauta sur un rebord de fenêtre en délogeant un chat ; Jacquot se percha sur une borne de porte cochère.

Ernest, qui avait caché sa tête dans ses bras contre la vitre du pharmacien dans laquelle il voyait se refléter toute la scène, se tourna d'un bloc et fonça vers la borne où Jacquot perdait l'équilibre.

– Touché, vermicelle ! »

Ensuite ils traversèrent la place dans tous les sens pour échapper au chat, se payant l'audace de grimper dans une voiture à bras, sur une poubelle retournée, bousculant des passants, amusant la fleuriste et la mercière parfois sur leur pas de porte. Le jeu cessa ainsi que les cris lorsque le brocanteur pinça P'tit Louis chevauchant le guéridon Napoléon III, qu'il plantait sur le trottoir chaque matin dans l'espoir d'un éventuel amateur.

« Là vous exagérez les enfants, vous n'avez pas de limites ! » leur reprocha-t-il.

Ernest en douce lui tira la langue, fit les cornes et dit au brocanteur en essuyant son front couvert de sueur :

« Râle pas pépère, sinon je ne t'aiderai plus à trier les débarras… À demain les gars ! »

À part un bouton arraché, Jacquot n'avait rien à déplorer. Il vérifia ses abattis, l'état de sa culotte courte : il s'en sortait bien. Lorsqu'il entra dans la boutique (Bonjour m'sieurs-dames !), il comprit qu'il se passait quelque chose d'anormal. Ce soir personne ne se souciait de son allure « de petit sauvage » comme il se l'entendait dire souvent au retour des bagarres. Son père, absent du comptoir à une heure de pointe, remplaçait pépère au fumoir. Celui-ci avait marché toute la nuit à la sciure de bois pour faire beaucoup de fumée. Depuis plusieurs heures, le four était refroidi.

« Il faut que ça tombe aujourd'hui ! » grommela Henri. Ta grand-mère est malade, elle tousse comme une malheureuse. Pépère est là-haut à regretter d'avoir été au Jambon Français tantôt... »

L'enfant chercha en vain le rapport entre le coup de froid et la course aux jambons. Les grandes personnes raisonnent bizarrement...

« Où est Louise ? questionna-t-il.

– Mademoiselle prend la pose chez le peintre. Tu voudrais savoir comment il s'appelle, hein ? »

L'enfant qui s'en fichait dit oui pour lui faire plaisir.

– Anselme de Terrande. On a du beau monde dans la clientèle ! Tiens, passe-moi la perche, je vais décrocher "ces cochonneries".

Du moment que papa plaisantait, c'est qu'il n'était pas trop inquiet au sujet de mémère.

Pourtant son état s'aggrava. On dut faire appel au docteur le lendemain. La malade gardait la chambre, souvent assise dans son lit, soutenue par des oreillers. Catherine montait avec des cataplasmes s'avérant hélas inopérants. Sa toux que l'on entendait jusqu'en bas navrait les clients. Quant à Henri, il délaissait son comptoir pour faire des incursions chez le pharmacien.

Louise ne s'attarda pas au bord du canal avec Jules dans sa hâte d'embrasser « Grossala ». Un peu rassurée, elle jeta un châle sur ses épaules pour traverser la cour et frappa chez M. de Terrande. Après quelques échanges de politesse avec la vieille maman, il la pria de s'asseoir. Elle s'acquittait maintenant de cette cérémonie préliminaire avec célérité : défaire ses nattes, épandre ses cheveux sur ses épaules, se tenir droite sans toutefois être coulée dans du béton (lui avait-il dit), lever un peu le menton afin de dégager le cou. Les sentiments de Catherine ayant assisté à la première séance étaient partagés : fierté d'être l'auteur d'une beauté remarquée, mauvaise conscience d'exposer ainsi sa fille par orgueil. Elle ne l'accompagnait plus, confiante dans l'homme et l'aïeule.

Le peintre avait réalisé des dizaines de croquis sur un carnet. Aujourd'hui, il esquissait sur la toile, disparaissant parfois derrière son chevalet. Il lui avait expliqué qu'avant de peindre il fallait s'imprégner de l'image, capter la personnalité, connaître par cœur les contours du visage et l'expression du regard. Il l'observait intensément, en silence, maniant ses crayons. Posant de trois-quarts elle pouvait glisser son regard vers la fenêtre encadrant un pan de ciel traversé parfois par un oiseau, sur le chat endormi au creux d'un coussin, ou furtivement sur le maître. Il n'avait plus cet air de chien battu qu'il traînait lorsqu'il s'attardait le temps d'un café. Dans cette blouse d'artiste qui dissimulait sa maigreur et ses mauvais habits, il devenait un homme décidé. Le pli entre les deux yeux marquait sa concentration. Pour la première fois, elle remarqua sa barbe blonde mousseuse qui adoucissait la sévérité du nez en bec d'aigle.

La maladie de la grand-mère bouleversant les habitudes de la famille, elle appréciait d'autant plus qu'on la laisse en paix avec ces êtres apparemment sans histoires. Catherine n'avait qu'une parole : il fallait respecter la date du Salon en ne mettant pas le peintre dans l'embarras.

– Pour la prochaine séance, j'aimerais que vous portiez la robe de bal bleue entrevue un soir. Je ne réalise que le buste mais le décolleté est très important et la couleur du vêtement assortie à vos yeux permettra une belle harmonie. Pourrez-vous en demander la permission à madame votre mère ? Elle viendra sans doute vous habiller. N'ayez crainte, je possède un paravent.

De son crayon il pointa la direction du mur contre lequel s'appuyaient les quatre volets d'une laque de Coromandel aux incrustations rouge et or.

« Ce truc est une survivance de la splendeur passée », se dit-elle. Elle aurait voulu connaître la vie de cet homme, ses mésaventures. Peut-être aussi ses aventures…

VII

L'apparition sublime

Si Henri et Catherine s'attendaient à l'issue fatale concernant la malade, il n'en fut pas de même de pépère Joseph. La moindre rémission le faisait espérer, ne ménageant pas sa peine à lui préparer une tisane avec du miel au cours de la nuit, ou pallier à son inappétence avec un lait de poule qu'il confectionnait avec amour. Jacquot dû se débrouiller pour réviser ses leçons ou décider de changer de chaussettes. À son grand regret, Louise suspendit un temps ses séances de pose pour servir au café, laissant sa mère courir chez le teinturier, au magasin de nouveautés pour acheter les gants et les bas noirs. Quant au chapeau, elle dut « monter » à Paris au Bonheur-des-Dames, rayon cérémonie, pour choisir deux chapeaux. Catherine opta pour une galette noire, prétexte à supporter un voile qui lui donnait l'allure d'une pleureuse de l'Antiquité. Vu ses seize ans, Louise épargna son visage de cette parure ténébreuse et enferma ses nattes sous un canotier de paille noir incliné sur les yeux d'après le conseil de la vendeuse et non pas sur le côté selon sa préférence. « Ce serait moins triste… » avait-elle suggéré.

Pépère Joseph, écrasé de chagrin, se souciait peu de l'achat d'un costume. Il fallut le persuader, ainsi qu'Henri qui voulait à tout prix rentrer son ventre dans son pantalon de mariage.

Les clients ne furent pas offusqués de voir le café fermé dès la veille pour cause d'enterrement. Pourtant, celui-ci n'accrochait ses volets qu'une fois par an : le vendredi saint.

Les parents d'Alsace arrivèrent de leur village après un voyage en train exténuant. Henri les attendait à la gare de l'Est pour leur faciliter la suite de l'expédition. Il les installa à l'hôtel de la Cloche d'Or jouxtant sa boutique pour les deux nuits à venir. Les enfants firent connaissance avec des cousins rubiconds aux yeux bleus comme leur père, une tante frisottée dont la tête rigolote émergeait d'un col volanté, et une vieille dame d'au moins soixante ans que Jacquot évita d'embrasser parce qu'elle « piquait ».

On avait retenu une cuisinière pour confectionner et servir les repas qui seraient pris dans la salle de café complètement transformée.

Il fut décidé d'écarter Jacquot de la journée funèbre, les parents de P'tit Louis étant heureux de rendre service en invitant l'enfant.

« Tu vois, dit Jacquot à son copain, j'aimais trop ma grand-mère pour chercher des perles sur la place. J'aurais l'impression de la voler. Pour les autres morts c'est pas pareil, on ne les connaît pas ces gens ! »

Ils restèrent à la maison, sages devant un jeu de l'oie, puis abandonnèrent les cubes et les soldats pour dépenser leur énergie dans un petit jardin où picoraient deux ou trois poules qu'ils s'amusèrent à effrayer.

Les Pompes funèbres installèrent une portière noire sur laquelle se détachait un entrelac d'initiales argentées devant l'entrée du couloir. Mémère, seule à confesser la foi catholique parmi toute la famille alsacienne protestante, la cérémonie religieuse eut lieu à l'église St-Germain juste en face de la boutique. Henri, malgré son chagrin, se demanda pourquoi les quatre croque-morts qu'il connaissait si bien peinaient à porter sa mère pourtant légère et fragile comme un roseau. Ils entrèrent ainsi jusqu'au pied de l'autel. La présence de plusieurs habitués du café ainsi que de nombreux voisins l'émut profondément. C'était comme si tout le quartier prenait le deuil.

Le chagrin de Catherine viendrait en son temps. Pour l'instant elle soutenait pépère Joseph de toute sa tendresse. L'ordonnateur, qui considérait Henri comme une personnalité de Pantin, avait prévu avec lui les hommes de la famille qui tiendraient le cordon du poêle aux quatre coins du drap mortuaire. Les chevaux habitués se mirent au pas pour emmener ce cortège jusqu'au cimetière communal.

Dès le lendemain, le café reprit ses habitudes. Avant de regagner l'Alsace, les plus jeunes des cousins voulurent voir la tour Eiffel. On les laissa se débrouiller. Henri organisa leur équipée à l'aide d'un plan qu'il dessina sur l'envers d'un buvard vantant les mérites du « Clacquesin ». Catherine les rejoignit sur le quai de la gare avec les vétérans. On promit de s'écrire et on essuya quelques larmes.

On allégea le comptoir charcuterie discrètement pour ne pas vexer pépère qui avait perdu son aide-cuisinière. « À partir de maintenant on achètera la choucroute crue prête à la vente à la Choucrouterie Française, c'est à deux pas », dit Henri.

Louise, qui venait de rentrer, couvrit le vieux bonhomme de bisous et s'adressa à sa mère :

« Maman ! Sois gentille de m'aider à m'habiller s'il te plaît. M. de Terrande doit m'attendre. »

– Tu ne vas tout de même pas mettre une robe de bal alors que tu es en deuil !

– Cela n'empêche pas la peine… J'ai promis, maman.

– Débrouille-toi, je ne veux pas le savoir, mais ne sois pas scandaleuse à traverser la boutique ! Cette histoire de peinture commence à m'exaspérer ! »

Elle râlait, mais elle n'avait pas dit non. Avant qu'elle ne se ravisât, Louise monta quatre à quatre l'escalier, s'enferma dans la chambre et descendit du dessus de l'armoire le carton renfermant la robe de Cendrillon. Elle arracha, plus qu'elle ne les enleva, ses effets noirs qui la faisaient ressembler, pensait-elle, à une vieille dame.

Le miroir grand comme une carte postale ne lui permit pas d'ordonner sa toilette, ce petit rien qui donne l'allure à une robe. Elle respira l'étoffe, caressa les plis chatoyants du taffetas, enserra ses jeunes seins ronds et fermes sous une contraignante rangée de boutons, et noua sa ceinture comme une faveur à un précieux cadeau. Elle ne savait pas combien elle était belle, déplorant la présence d'une petite rougeur sur le front et d'un grain de beauté sur la joue. Un châle sur les épaules, elle se glissa par la porte de la cuisine donnant sur la cour.

Elle gratta à sa porte comme l'aurait fait un petit chien. Elle comprit qu'il lui faisait peur. Sans doute le mystère dont il s'entourait par son silence. À l'usine ou au comptoir on se disait tout.

Il l'accueillit avec un bouquet de muguet. « À une princesse, ces clochettes du bonheur pour vous remercier de votre patience ». Confuse, elle esquissa une révérence comme sa mère lui avait appris envers une personne de marque. Il reprit : « J'ai cueilli ce muguet dans le jardin abandonné de M. Méhul. Il est un peu à nous. » Elle rougit.

La vieille maman embrassa la jeune fille. Elle s'apprêtait à tourner la manivelle d'un gramophone. Son fils expliqua : « Maman a joué longtemps du piano. Elle aime aussi les chanteurs et ne se lasse pas d'écouter Caruso. » Gênée, la jeune fille proposa de revenir plus tard. « Il n'en est pas question, riposta le peintre. Nous pourrions travailler une bonne heure et écouter ensuite un air du ténor napolitain ? »

Si la vieille dame battit des mains à l'idée de ce charmant programme, Louise pensa à l'œil courroucé de son père et à l'algarade de sa mère pour cette pose prolongée. Elle ne dit mot et prit sa place avec la grâce que lui conférait sa parure princière.

M. de Terrande n'en était pas à son premier portrait. Dans la continuité des Flandrin, il avait immortalisé plusieurs dignitaires sévères dans leur redingote, des bourgeois raidis par un faux-col amidonné, des dames qui n'avaient jamais souri, dont il savait amoindrir les traits alourdis et mettre en valeur le collier de perle. À ces quelques commandes alimentaires qui flattaient un peu son orgueil, combien leur préférait-il les paysages des bords de Seine à la manière des impressionnistes, ces rues de Paris aboutissant à des places plantées d'arbres qui leur donnent des airs de village ! À Montmartre il avait fait la connaissance de Maurice Utrillo en plantant leur chevalet côte à côte. Ils avaient découvert au hasard de la conversation qu'ils étaient nés la même année… Le style linéaire et simplifié d'Utrillo lui fit remettre en question bien des idées reçues. Au prochain Salon le portrait de Louise serait sans doute le dernier de cette facture. Les traits de la jeune fille étaient à ce point ancrés en lui qu'il aurait pu la peindre de mémoire. Sa jeunesse et la pureté du galbe de son visage l'émouvaient au point qu'il restait de longues minutes sans travailler. Il ressentait au fond de lui-même une impuissance à traduire sa beauté. Trop tard. Il ne pouvait reculer puisqu'il avait lui-même déclenché cette mise en œuvre.

Dans les yeux de la jeune fille passa un sourire. La maman préparait sur un napperon brodé trois verres accompagnés d'une carafe où scintillait un vin couleur rubis. Sur un compotier, elle empilait des biscuits Saviran.

Si le chat ne scilla pas au bruit infime des préparatifs, M. de Terrande y fut sensible en constatant la légère distraction de son modèle. Elle reporta son regard sur lui.

Pourquoi lui avait-il suggéré de défaire ses cheveux ? C'était une erreur. La courbe de son cou méritait qu'elle soit mise en valeur par les cheveux dégagés. Oui, il se souvenait. Lors du retour du bal elle avait un catogan.

« Nous avons terminé pour ce soir, mademoiselle. N'êtes-vous pas fatiguée ? »

Louise remarqua qu'il disait toujours « nous » pour parler des séances. Elle ne sut pourquoi elle en éprouva une grande joie.

« Je peux mettre la musique, Anselme ? demanda la mère avec une voix de petite fille.

– Allons-y maman. Nous avons bien mérité cette PAUSE », dit-il en riant.

Avant de mettre le gramophone en marche, la vieille dame alluma la lampe à pétrole qui fuma quelques instants. Anselme regarda intensément l'ombre de la jeune fille en bleu profilée sur la tapisserie où s'estompaient des glycines. Il eut soudain l'envie de faire d'elle mille tableaux. À cet instant une fée métamorphosait ce modeste logement.

Louise accepta de tremper un biscuit dans ce vin de Madiran qu'Henri reconnaîtrait tout de suite en embrassant sa fille. En écoutant Caruso, Louise souriait à la dame, mais elle ne s'attarda pas, parla un peu du grand-père et disparut en serrant avec délicatesse les brins de muguet dont les clochettes sautillaient au rythme de ses pas.

Quelle ne fut pas sa déconvenue de trouver la porte close séparant la cour de la cuisine ! Elle eut beau frapper contre la vitre, secouer la porte, rien n'y fit. Pépère Joseph avait dû monter dans sa chambre où il retrouvait la présence de sa chère disparue. Catherine, désolée de voir cet homme désemparé, s'ingéniait à l'occuper dans l'arrière-boutique avec des commandes de salaison à préparer, ou à surveiller Jacquot dans ses devoirs. C'était avec l'enfant qu'il se plaisait le mieux. On jouait aux dominos, au pouilleux, à la bataille et pépère lui apprenait à faire des cocottes en papier. On ne sait celui qui s'amusait le plus à trier les cartes postales. Pépère conservait ses trésors épistolaires dans une boîte qui avait contenu de la Boldoflorine. Son ouverture était déjà une cérémonie. Il la tenait comme le saint sacrement.

« Tu es sûr fiston, la table est bien propre ? »

Jacquot, scrupuleusement, redonna un coup de torchon sur la toile cirée. Alors on piocha chacun son tour pour faire durer le plaisir ; on étala les cartes postales comme pour une réussite, puis on les empila par genre : encadré d'une guirlande de trèfles à quatre feuilles, un jeune homme à la moustache bien coupée étreignait un œuf de Pâques enrubanné. Joyeuses Pâques ! Dans un décor de faux jardin, une jolie jeune femme appuyée sur une sellette offrait un bouquet de roses. Heureux anniversaire !

« Et celle-là, pépère, encore plus jolie ! souriante avec son panier de muguet ! » La légende : *Pour vous porter bonheur*.

Jacquot s'extasiait sur la beauté de ces belles dames. Elles existaient donc ? Il ne voyait jamais cela à la boutique… Oui, des maraîchères avec un derrière d'éléphant et des concierges qui posaient leurs « roploplos » sur le comptoir, comme disait Ernest.

« On dirait qu'on frappe », s'écria pépère Joseph.

Il ajusta ses besicles, discernant mal la silhouette dans l'obscurité naissante.

« Mais c'est mon petit cœur ! Viens voir Jacquot ! Alors, on ne voit jamais ces jolies femmes des cartes postales ? Louise est la plus belle de toutes et c'est ta grande sœur… »

Louise crut bon de justifier sa tenue de bal. Loin d'être offusqué, le vieux bonhomme s'exclama :

« Enfin, autre chose que du noir ! Ta grand-mère de là-haut doit être heureuse de te voir ainsi.

– Les filles de l'atelier parlent d'un grand défilé de chars dimanche matin. Il faut voir ça, emmène-nous, pépère…

– Tant pis, je n'irai pas à l'église. »

C'était comme s'il avait dit oui. Les bras des enfants se refermèrent sur lui et des baisers lui chatouillèrent les joues et les oreilles.

De la boutique parvenait la cacophonie des soirs enfumés à « l'heure du Berger ». Les patrons, alertes, aux gestes réglés comme un ballet, riaient avec les clients, écoutaient la vie des habitués en feuilleton. Surtout, les écouter, leur dire : « ça va s'arranger. Tu trouveras du boulot. J'en toucherai deux mots au maire. Ta femme ? Elle reviendra j'te le dis. »

Ce soir-là, lorsque Henri accepta de faire le quatrième à la belote à 10 heures du soir alors que sa famille reposait à l'étage, il pensa : « Tout compte fait, on est bien heureux ici ». Il se sentit un vrai Pantinois.

VIII

Premier baiser

LA JOURNÉE S'ANNONÇAIT ENSOLEILLÉE. Louise, ce matin-là, n'eut aucun mal à se lever et s'apprêter pour partir travailler. Elle se trouvait si laide dans sa jupe grise et son caraco violet (Catherine lui avait dit : « Sois contente de n'être qu'en demi-deuil »), qu'elle ne jeta pas un coup d'œil à son miroir afin de ne pas y apercevoir son double.

Par l'étroite fenêtre à petits carreaux, sa vue domina la place de l'Église métamorphosée en marché de village avec ses toiles bariolées et ses grands parasols protégeant d'éphémères étalages. Ce spectacle lui était familier. Elle savait la provenance des voitures à bras, des charrettes abandonnées le temps d'un marché par les chevaux remisés dans les écuries proches. Bien que les usines et les nouvelles constructions n'aient pas encore avalé toutes les cultures maraîchères de Pantin, beaucoup venaient à pied avec leurs légumes de Bobigny lorsque ce n'était pas des Halles de Paris !

Elle dit bonjour au raccommodeur de faïence et de porcelaine qui s'installait une ou deux fois par mois devant la boutique. Il exposait à même le sol une sempiternelle soupière et un plat reconstitués grâce à des agrafes et une colle dont il faisait grand mystère. Outre son habileté à réparer, il œuvrait d'une façon si rapide que les ménagères avaient juste le temps de faire leur marché. On aurait cassé sa vaisselle par plaisir…

Ce n'était pas encore l'heure du chanteur de rue accompagné par un orgue de Barbarie décoré de rinceaux et de singeries à la mode exotique. Il se pointait comme une grande vedette vers les onze heures. Avant de traverser la route d'Allemagne, elle contempla le tondeur de chien en plein travail sur un caniche ébouriffé, à l'écart du marché puisqu'il avait été sommé d'épouiller ses clients à quatre pattes loin des victuailles.

Pour traverser, elle dut se faufiler entre les attelages et prendre garde à ce tramway électrique qui avait déjà fait une victime. Lorsqu'elle arriva en vue de la fabrique, son humeur pourtant à la gaieté s'assombrit. Elle faisait partie de ces grappes humaines qui pénétraient dans les bâtiments pour des heures interminables à s'abîmer les mains et se confiner sans voir les mouvances du ciel, entendre les clapotis des péniches, sentir sur le nez la chaleur du soleil.

Elle fit un signe amical à Jules occupé à ranger sa bicyclette dans un râtelier où chacun ce soir reconnaîtrait la sienne. Était-ce à cause du « qu'en dira-t-on » qu'elle ne s'arrêtait pas quelques secondes ? En quelques enjambées, il la rattrapa.

« Louise ! Tu es fâchée ? lui murmura-t-il en lui tenant la main d'une façon appuyée.

– Non, pourquoi ?

– Depuis que ta grand-mère est… enfin, depuis qu'elle est partie, je ne te vois plus. J'aurais dû présenter mes condoléances à tes parents mais je suis trop maladroit pour ces choses-là.

– Tu n'as pas de soucis à te faire. Je ne te reproche rien. Les voisins ont offert une couronne immense et les clients du café une raquette de fleurs blanches comme pour un enfant !

– Attention, Louise ! La contremaîtresse se tient sur l'escalier. Elle nous regarde.

– C'est la reine de la ruche. Elle ne me dit plus rien puisque je suis une abeille qui travaille dans un autre atelier. »

Louise dit cela en égrenant un rire charmant. Jules entendit ce rire réconciliant comme une cuillère de miel. Il bouchonna sa casquette dans une poche de sa veste, fourra ses pinces à vélo dans l'autre, et fonça vers ses plaques à tremper qui lui semblèrent plus légères puisqu'il était follement amoureux.

À peine étaient-ils installés l'un et l'autre dans leur chaîne respective, que Victor fit une apparition inopinée dans chaque atelier. Ce n'était pas l'heure du chariot. Il se racla la gorge. On comprit qu'il allait annoncer une chose d'importance. Hormis le grincement de quelques engrenages et le frottement de courroies dont on n'arrêta pas la course, il se fit grand silence car chacun s'immobilisa. Victor, maîtrisant mal son émotion, lut une note de service qui tremblait dans sa main :

En raison d'un remaniement pour élargir la publicité sur la plupart de notre fabrication, et l'aménagement de nouvelles machines, la Direction informe tout le personnel qu'il devra cesser le travail à 16 heures. Nous espérons que vous comprendrez la nécessité de libérer les ateliers afin de contribuer avec fierté à l'élargissement de notre belle entreprise. Les portes ouvriront de nouveau lundi matin à 7 heures pour une réunion générale dans l'entrepôt d'emballage. Merci de votre compréhension.

Après la stupeur fusèrent les exclamations :

« On nous prend pour quoi ? Nous annoncer ça à la dernière minute !

– *Ils* le savent depuis longtemps !

– Qui va nous payer les deux heures de boulot en moins ? »

Victor, qui avait déjà été vilipendé dans d'autres ateliers, s'éloigna en clopinant, les bras agités au-dessus de sa tête pour dire : « Débrouillez-vous, je n'y peux rien. »

Gaston, réputé pour être une « grande gueule », monta sur une table pour exhorter les gars :

« Ceux qui veulent se tirer à 16 heures sans vouloir d'explications, on ne les retient pas. Il faut savoir si nos deux heures seront payées ! »

Quelques-uns applaudirent et l'on vit les allumettiers des autres sections se joindre à eux. Henriette, Camille et la grosse Julie, attirées par le raffut, plantèrent la contremaîtresse furibarde et se faufilèrent dans les vapeurs de l'atelier en riant.

« On va tous à la Direction », édicta Gaston, heureux de s'attribuer le rôle de meneur.

Ils furent une cinquantaine à emprunter le couloir. En bas de l'escalier, des ouvrières identiques avec leur petit bonnet et leur long tablier échangèrent leurs commentaires ; certaines véhémentes déclaraient qu'il ne fallait pas se laisser faire. Des anciennes, plus raisonnables, piliers de la société, temporisaient la jeunesse : « Cette histoire peut déclencher des mises à pied. Il faut envoyer juste un émissaire. Qu'il soit poli et qu'il explique bien ! »

Quelques femmes s'esquivèrent pour ne pas être choisies, contentes de rentrer faire leur lessive ou récupérer les mômes chez une nourrice[1].

« Pourquoi pas Gaston ? » reprit cette femme.

Si celui-ci était à l'aise en tant que meneur, il se voyait mal négociateur. Il se dégonfla et proposa Jules. « Tu es nouveau, le patron ne se souvient même pas de toi. Il t'écoutera ».

Jules croisa le regard de Louise. Pour recevoir son estime, que n'aurait-il pas fait ? Tous le virent s'enfoncer dans l'obscurité du couloir avec la raideur de la statue du Commandeur. Quelques instants plus tard, il raconta par le menu l'entretien avec le patron. Celui-ci attendait le porte-parole, le laissa exprimer ses revendications en sachant d'avance qu'il acceptait de payer les deux heures. Ce furent des « Hourra ! » et Jules dut se débattre pour ne pas être porté en triomphe, mais il voulait maintenant s'éclipser car une chose le tourmentait : le patron lui avait demandé son nom, qu'il avait noté sur un calepin. Était-ce mauvais signe ou promotion ? Quelle allait être la réaction de Louise ? Elle le rejoignit dans la cour.

« Je ne t'aurais jamais su si courageux. Vraiment, tu m'as épatée !

– Oh… il fallait bien que quelqu'un monte », dit-il avec modestie.

---

1. L'école moderne de plein air ne sera créée qu'en 1923.

– Je suis libre de faire une promenade, tu sais. Si tu acceptes de marcher à côté de ta bicyclette ? J'ai une envie folle de voir la nature. Parfois j'en ai assez des odeurs de vin rouge, de la salle enfumée, et des regards de certains clients. »

Ils cheminèrent jusqu'aux buttes de Romainville. Sur leurs pentes s'étageaient encore quelques cabanons des zonards qui bientôt seraient expulsés ; des barrières de fortune, des fouillis de verdure d'où émergeait parfois un chien à l'attache. En bas, c'était la campagne avec des jardinets ainsi que les dernières vignes. La clémence de ce mois de mai saupoudrait les cerisiers de bouquets blancs. Au pied des arbres fleurissaient des pivoines rouge sombre qui exhalaient un parfum délicieux.

Ils s'assirent sur une grosse pierre, les carrières étant toutes proches. Ils oublièrent qu'il y avait eu de graves éboulements.

Louise s'emplissait les yeux du spectacle. Des choses simples qui l'amusaient ou l'attendrissaient : la silhouette d'un jardinier qui arrosait de belles salades qu'elle reconnut de loin pour des laitues, une femme accrochant du linge près d'un enfant sur une balançoire…

Lui, Jules, ne regardait que la jeune fille. Depuis les beaux jours, elle venait travailler coiffée d'un petit canotier serti d'un ruban bleu ciel assorti à ses yeux. Sa jupe grise, remontée légèrement sur les bottines, laissait apparaître la dentelle en broderie anglaise d'un jupon blanc.

Elle ne se défendit pas lorsqu'il entoura ses épaules de son bras. Il retint sa respiration pour écouter la sienne, et posa un baiser sur sa joue, près de son oreille dégagée par les cheveux nattés qui, à leur naissance, dessinaient de charmants frisons rappelant la douceur d'un bébé. Ses mains en prière sur ses genoux se décroisèrent pour enlacer le visage du garçon dont les traits quittaient à regret ceux de l'enfant.

Le chapeau de paille glissa vers l'arrière. Ce fut le signal d'une nouvelle éclosion. Ils découvraient l'un et l'autre l'ivresse de ces premiers baisers. Délicieuse promenade des doigts dessinant des cercles sur le visage, s'appropriant la rondeur du menton, la fragilité des paupières, les lèvres douces et palpitantes. Lorsqu'il égara sa main vers le corsage, Louise se leva d'un bond. Dégrisée, elle dit : « Ah non ! Pas ça ! » Il la regarda, éberlué. Les copains avaient raison en disant : « C'est capricieux les filles, il faut les séduire ou les dompter. » Jules émergeait d'un paradis. Quelle douche froide !

Elle tapota sa jupe, remit son bibi, tandis qu'il redressait la bicyclette gisant dans les pâquerettes.

« Maintenant il faut être sage, nous rentrons en ville… » le sermonna-t-elle en l'embrassant sur le nez.

Voyant son air penaud elle le rassura : « Nous reviendrons dès que nous le pourrons ».

– Avant la saison des cerises, ma Louise ? » dit-il mi-content, mi-fâché.

Ils prirent par la rue des Bretagnes pour remonter la longue route d'Allemagne. Lui ne disait pas grand-chose, attristé déjà à l'idée de la séparation imminente. Louise, heureuse, ne tarissait pas.

D'une écurie qu'on lavait à grande eau, s'écoula un ruisseau qui s'égailla en flaques sur les pavés. Des moineaux vinrent s'y baigner et s'ébrouer.

En vue de l'église, il savait que leur chemin divergeait. Il devait être tard, le jour commençant à baisser. La boutique était éclairée. Depuis l'installation de l'électricité, Henri ne se privait pas d'offrir à ses clients la lumière qui faisait étinceler les bouteilles et rougeoyer le vin dans les verres. Louise fit remarquer à Jules la silhouette de son père s'agitant derrière le comptoir et de nombreuses têtes en ombre chinoise alignées comme un jeu de massacre.

« Tu as beaucoup de chemin à faire pour rentrer chez toi ! Embrasse-moi pour te donner du courage…

– Ah ! ce foutu vélo », dit-il en l'accotant à un arbre.

Il la serra si fort qu'elle ploya dans ses bras. Ils échangèrent un baiser à perdre le souffle. Elle avait vite appris ! pensa-t-il.

Tandis que Jules s'éloignait sur son engin, la jeune fille aperçut Jacquot bavardant avec Ernest à la porte du café. « J'espère qu'il ne nous a pas vus, ce gamin », dit-elle tout haut.

Pour se concilier les bonnes grâces de la famille, Louise lança un « bonjour m'sieurs-dames » claironnant. Le temps d'embrasser sa mère et de ranger son canotier, elle s'activa derrière le comptoir à essuyer des verres en lorgnant les habitués. Il était difficile de capter une conversation. Ils parlaient haut et fort, et tous en même temps. M. Pinson, habituellement absent à cette heure, avait un auditoire masculin autour de sa table. S'ils n'étaient pas encore servis, ils buvaient ses paroles. Louise, contente d'abandonner son torchon, prit leur commande. Elle répéta : « Deux Dubonnet et deux Clacquecin », et se permit d'écouter un instant le monologue du vieux monsieur.

« Vous auriez vu le char de la Ville de Paris… Et le char du Dolmen ! On se serait cru en Bretagne. Il y avait celui de la noce bretonne avec joueur de cornemuse et bombarde… Ah ! mes enfants, vous auriez dû voir ça, c'était grandiose.

– Nous, on est juste là pour payer, M. Pinson !

– Ce défilé ne vous a pas coûté un centime. Ce sont les Bouillons Kub, mon cher. C'est une façon de faire leur publicité. »

S'adressant à Lulu : « Vous êtes bien homme-sandwich à vos heures ! »

Soudainement la porte s'ouvrit avec fracas et une femme en cheveux entra dans le café. Elle embrassa la salle d'un regard circulaire puis fonça au comptoir où elle savait trouver son mari. Gaston, appuyé sur le zinc, rigolait avec Ficelle et un olibrius jaune comme un coing malgré sa descente de plusieurs ballons de rouge. Il ne les comptait même plus.

Ficelle avertit d'un coup de coude Gaston entre deux hoquets :

« Y a ta femme qui vient te chercher, Gaston... »

– Oui, elle vient le chercher. Il oublie qu'on l'attend à la maison des fois qu'il donnerait un coup de main ! Il laisse toute sa paie à boire, le salaud ! alors que je m'escrime en lessive pour élever les gosses ! » dit-elle furieuse.

Elle tira Gaston par la manche. Il avait l'habitude et se tint penaud. Certains clients aussi, les piliers de comptoir se sentaient coupables. Le plus mal à l'aise dans cette affaire-là était Henri. À recevoir les confessions de « la confrérie », il comprenait l'état d'esprit des bonshommes qui travaillaient dur six jours sur sept dans la chaleur des forges et l'enfer des machines, le jour de repos n'étant pas forcément le dimanche, lorsque les industriels obtenaient auprès de la commune une dérogation. Gaston rit bêtement en jetant un œil aux copains. Personne ne lui portant secours, il avala la dernière gorgée. Accompagné par un coup de genou dans le derrière, il cria tout de même : « Salut la compagnie ! »

À son visage fermé, on vit que Catherine était furieuse. Henri prétendait qu'en servant, il ne faisait qu'exercer son métier. « Tu vois qu'ils sont pleins comme une outre, tu les sers quand même. Tu es coupable, Henri », disait-elle.

Pour avoir pénétré dans ces logements insalubres qui disparaîtraient des années plus tard, elle était pleine de mansuétude envers ces femmes qui se débattaient avec un maigre budget. Elles déléguaient un gosse au rayon charcuterie pour acheter trois sous de pâté, cinquante grammes de saindoux à mettre sur l'ardoise. « On réglera à la fin du mois ! »

La patronne avait tout dit depuis longtemps, aussi alla-t-elle dans l'arrière-boutique rejoindre pépère Joseph. Depuis son veuvage, celui-ci soupait avec elle et les enfants. Quant à Henri, il mangeait souvent seul, à la fermeture de la boutique.

Louise vint les rejoindre dans cette salle à manger où le grand-père leur servit un pot-au-feu.

« On a manqué le défilé des chars. Tu nous avais promis, pépère ! » reprocha la jeune fille.

– Je vous emmènerai à celui du Veau Gras. Vous verrez ce morceau ! Il disparaît sous les guirlandes et les rubans…

– S'il disparaît, remarqua Jacquot, ce n'est pas intéressant. »

On discuta pour savoir qui aurait l'os à moelle. Catherine dit tout à trac :

« Tu es rentrée bien tard, Louison. Tu n'as pas oublié la séance chez M. de Terrande ? »

Louise fit non de la tête.

Premier baiser

« Elle était avec son amoureux ! Même qu'ils s'embrassaient », susurra Jacquot, piquant le nez dans son assiette.

Louise lui envoya sous la table un coup de pied qui fit trembler le pot de moutarde et hurler le gosse. Pépère Joseph disparut dans la cuisine, emportant le pot-au-feu et réprimant un fou rire qui fit tressauter sa moustache. Catherine ne dit rien mais se proposa de tirer cette histoire au clair.

IX

La dernière séance

C'ÉTAIT L'HEURE DU CAFÉ MATINAL. La place de l'Église s'entrevoyait à travers un rideau de pluie. Il pleuvait, aussi Henri avait recouvert d'une couche de sciure de bois le carrelage de la salle. Jacquot, qui partait à l'école, reçut une claque pour s'amuser à dessiner des rails avec ses galoches. « Je t'ai déjà défendu d'éparpiller la sciure. Quelle manie ! » Catherine, dans l'arrière-boutique, en était à la cinquième cafetière « à la chaussette », tandis que pépère Joseph décrivait des cercles avec un mètre de saucisses qu'il juchait sur un plat. Au comptoir discutaient des cochers reconnaissables à leur pèlerine de gros drap et leur chapeau à large bord. Émanait d'eux une odeur de cheval qui plaisait beaucoup à Louise. Mélangé à celle de la sciure, ce relent lui rappelait le cirque sous chapiteau installé un jour sur la place.

Au fond de la boutique, M. de Terrande buvait son café dans lequel il trempait des fragments de brioche comme s'il alimentait un oiseau. Toujours en retard, Louise se contenta de lui adresser un petit salut accompagné d'un sourire. Il lui fit signe d'approcher.

« Chère mademoiselle, j'espère compter sur vous ce soir. J'ai beaucoup travaillé à la maison sur votre portrait. Ce sera sans doute la dernière séance ».

Spontanément elle s'écria : « Quel dommage ! »

Il continua :

« Avec ce temps déplorable, je vous dissuade de porter votre tenue de bal. Vous gâcheriez vos effets. Maman serait ravie de recevoir également votre mère.

– Demandez-lui, demandez-lui... Je suis si en retard ! »

Elle sortit de la boutique en trottinant sur les pavés, blottie sous un parapluie noir.

À travers la vitre contre laquelle les gouttes d'eau jouaient à se poursuivre, il accompagna du regard la silhouette floue, qui disparut comme un mirage. Il pensa : « Je me suis trompé. Cette petite grisette est bien plus charmante avec sa tenue d'ouvrière qu'avec l'apparat que je lui ai imposé. Millet l'avait bien compris avec ses paysannes... »

Jules l'attendait à la sortie du travail, dissimulé derrière la voiture attelée de Bijou. Son manège n'échappait à personne. Tout le monde savait qu'une idylle s'ébauchait entre lui et la belle Alsacienne. Des cancanières, jalouses, poussaient l'histoire à mettre en doute la vertu de la jeune fille. Il n'était pas venu à bicyclette pour pouvoir profiter de ces minutes où ils cheminaient ensemble, se frôlant parfois, se prenant la main près du canal. Ils aimaient s'arrêter près de la maison de l'éclusier. Entouré d'une barrière, son jardin bien soigné rappelait une illustration de chez Vilmorin. À croire que le bonhomme guettait leur venue pour arroser ses salades alignées comme des soldats. Il leur dit : « Bonjour les amoureux ! » Son chien, lorsqu'il les vit, s'aventura vers les jeunes gens en quête d'une caresse. Louise fourragea distraitement dans la toison frisée en suivant des yeux une péniche transportant du plâtre. À l'avant, le marinier fit un signe d'amitié au jardinier. Jules sentit que Louise avait l'esprit absent. « Au diable le bonhomme, le chien et le marinier », il avait tellement imaginé ces instants au cours de la journée ! « Je l'embrasserai lorsque nous monterons les marches de l'impasse. »

Elle cessa de cajoler l'animal et déclara qu'elle se mettait en retard.

« Il a de la chance, lui ! » dit amèrement le garçon en désignant le chien.

« Il faut patienter, Jules. »

Elle lui prit le bras et l'attira vers elle pour l'embrasser sur la joue.

« Si tu m'aimais, tu serais un peu plus câline.

– Mon petit frère a déjà parlé à la maison. Tu voudrais que je sois battue et qu'on m'interdise de te voir ?

– Tu n'es plus une enfant. Les Alsaciens ne sont-ils pas faits comme tout le monde ? »

Battue ? Il n'y croyait pas. Peut-être s'amusait-elle à le mener en bateau ? Justement, ils passaient le pont. Les remous causés par le passage de la péniche clapotaient jusqu'aux berges. Subsistaient les sillons qui s'élargissaient en triangle.

Un instant, l'idée de se jeter à l'eau lui traversa l'esprit. Une mort spectaculaire sous les yeux de Louise, coupable d'indifférence alors qu'il perdait le sommeil à évoquer son image ! Il l'aimait furieusement cette fille…

La fraîcheur de l'eau fit frissonner la jeune fille. Elle croisa son mantelet et hâta le pas.

« Je t'accompagne jusqu'au café, dit-il en la rattrapant.

– Non, il est préférable de se quitter là. Et puis tu t'éloignes de chez toi, c'est bête. »

Il insista pour aller jusqu'à l'impasse où il réussit à l'enlacer. Elle s'abandonna à son baiser, sembla y prendre du plaisir puis se dégagea et s'échappa. À cause du ferraillement des voitures elle n'entendit pas qu'il lui criait : « À demain Louise ! À demain !… »

Sur le pourtour de la place de l'Église, les portes ouvertes des échoppes ainsi que les fenêtres buvaient les dernières douceurs de ce soleil de printemps. Des ménagères s'attardaient sur leur pas de porte à surveiller les enfants, les mains occupées par un raccommodage ou un tricot. À la fontaine, le marmiton de la Cloche d'Or s'évertuait à rincer une cuve en zinc plus lourde que lui. Louise échangea quelques mots avec le brocanteur qui aérait des nippes. Elle aperçut Jacquot qui s'efforçait d'atteindre les portants métalliques du prochain marché pour jouer les trapézistes comme Ernest qui voltigeait tel un singe.

« Tu vois bien que tu es trop petit. Rentre ! »

Humilié devant les copains ! En guise de réponse le petit frère lui fit un pied-de-nez. Ernest se marra et sa bande l'imita.

Louise fut intriguée par l'absence de clients à la terrasse. Par contre ils étaient nombreux dans la salle, pressés au comptoir. Pépère Joseph avait déjà mis à l'abri sa charcuterie car on venait s'appuyer jusqu'à l'étal. On discutait dur.

« Tu peux aider ? » l'interpella Henri.

Catherine répondit à sa place :

« Elle ne peut pas, c'est sa dernière séance. »

Henri frappa du poing sur le comptoir.

« Heureusement que c'est la dernière. J'en ai marre de cette pantomime ! »

Louise échangea un regard complice avec sa mère.

Le dénommé Don Quichotte continua sa péroraison.

« Vous vous rendez compte les gars ? Déménager la maison de correction de Saint-Lazare à Pantin ? On nous a déjà gâtés avec le cimetière parisien !

– Et l'arrivée des eaux usées et des gadoues... appuya son acolyte, Sancho Pança.

« Paris se débarrasse de tout ce qui le gêne. Passe pour les zonards et les miséreux. Voilà un peu plus de dix ans ils étaient des milliers à crever de faim. Surtout aux Quatre-Chemins ! La soupe populaire ça a fonctionné ! Maintenant on va nous amener les filles publiques, les criminelles et les drôlesses sur l'autorisation des parents.

– Ils la mettraient où, leur prison ? questionna Lulu.

– Tu connais Saint-Lazare, c'est immense. Elle devrait s'installer sur le terrain du Pont-de-Pierre et des Courtillères. »

Louise s'éclipsa sans attirer l'attention. Elle ne regrettait jamais ces bribes de conversation qui la tenaient au courant des potins et lui permettaient de raconter quelque chose de nouveau aux ouvrières.

Elle frappa chez M. de Terrande. Son chevalet de peinture en place et son matériel bien disposé comme pour une opération chirurgicale lui donnèrent à penser qu'il l'attendait depuis un moment.

La vieille dame attablée plus loin interrompit une réussite pour venir embrasser la jeune fille.

Le peintre manifesta des signes d'impatience. « Tu la verras après, maman, s'il te plaît. Nous devons finir aujourd'hui. »

La maman piqua du nez sur un roi de cœur. Louise défit ses nattes fébrilement et prit place sur « sa » chaise.

Anselme de Terrande dévoila la toile qu'il avait mise sous le boisseau. Une idée à lui. Louise eut l'impression de contempler son image dans un miroir. Qu'allait-il ajouter de plus ? Il était terminé ce tableau.

Timidement, le peintre lui demanda :

« Cela vous plaît ?

– Je ne suis pas aussi belle que vous m'avez peinte !

– J'ai exprimé ce que mes yeux voient. C'est un travail… honnête. »

La maman lâcha sa cour royale et intervint :

« Il est toujours comme ça, Louise. Jamais satisfait. Moi je trouve que vous êtes merveilleuse, comme dans la vie.

– Non ! Justement. Pas comme dans la vie. »

S'adressant à Louise d'une façon brutale :

« Vous êtes souvent en robe de bal, figée dans le taffetas ?

– C'est vous qui m'avez dit… bégaya-t-elle.

– Eh bien, j'ai eu tort. »

Elle se mit à trembler de stupeur et ses yeux s'emplirent de larmes.

Il fut bouleversé, s'en voulut d'avoir provoqué cet incident.

« Pardon, je suis un vieil imbécile », dit-il en lui prenant les mains.

Il la trouva émouvante, prit son mouchoir pour lui essuyer une larme. On aurait dit une petite fille avec sa robe de Vichy et sa guimpe blanche au col montant d'où émergeait l'ovale parfait du visage.

Un bruit dans la cour, juste derrière la porte, les fit sursauter. La dame qui s'était assoupie ouvrit les yeux, le chat sauta du coussin comme s'il avait reçu un seau d'eau. Anselme, lâchant les mains de la jeune fille, ouvrit la porte. Il n'eut que le temps d'apercevoir une silhouette s'enfonçant dans le couloir.

« Ce n'est rien, dit-il pour rassurer ces dames. Prenez la pose je vous prie. Juste quelques retouches à la chevelure. »

Il choisit son pinceau le plus fin pour marier sur la toile des fils d'or aux reflets cuivrés. Il savoura le fait qu'il était le seul à caresser ces cheveux d'une touche qu'il voulait légère. Combien il aurait aimé y semer un peu de désordre, à la manière furtive des jeunes filles de Renoir qu'il admirait…

« J'ai terminé », déclara-t-il simplement.

Louise se détendit, reprit une position naturelle, tournant la tête de droite à gauche comme pour sortir d'une léthargie. Elle sourit, il lui rendait la vie.

L'arrivée de Catherine troubla cette sérénité. Elle poussa des « Oh » ! et des « Ah » ! d'admiration, s'exclama que le peintre serait sûrement médaillé au Salon. Elle ne manquerait pas, ainsi que son mari, d'aller contempler le chef-d'œuvre lors de l'exposition.

M. de Terrande comprit au regard assombri de Louise que celle-ci était contrariée de cette intrusion, ainsi que des compliments intempestifs. Il pensa : « Cette Alsacienne a la faconde d'une Méridionale ! »

La vieille maman avança des chaises, mais Catherine déclina l'offre. Elle sortit une bourse de son réticule et proposa au peintre de lui régler sans différer le portrait de sa fille.

X

La Manufacture de Tabac

LORSQUE JULES ENTRA DANS LA COUR de la fabrique, son copain avec qui il travaillait au chemisage le guettait et vint au-devant de lui.

« Victor a dit qu'à ton arrivée tu montes chez le patron.

– Il n'a pas dit pourquoi ? s'inquiéta Jules.

– Non, mon vieux. »

Il ne fut pas reçu par le grand patron mais par un chef de section. Ces messieurs se ressemblaient tous avec leur complet foncé, gilet boutonné sur une chemise blanche au faux col amidonné. Leurs visages adornés d'une moustache touffue ou d'une barbichette calibraient cet état-major à la ressemblance des allumettes en pochette. Jules s'était parfois arrêté dans le hall devant une photo prise à Sainte-Marguerite, la troisième usine du groupe. C'est avec respect qu'il considérait ces responsables de centaines d'ouvriers.

Il ne reconnut pas celui qui le reçut, assis dans un bureau sinistre. On ne l'invita pas à s'asseoir.

« Mon garçon, vous ne serez pas étonné d'apprendre que votre conduite de l'autre jour a marqué la fin de notre collaboration. Cette entreprise est une grande famille, mais lorsqu'une brebis galeuse sème le désordre, nous devons l'éliminer. Avec votre revendication vous causez un précédent fâcheux. Vous êtes pourtant revenu des grèves de 93 et 95 ? »

Jules enfonça ses ongles dans le rebord de la casquette qu'il pétrissait. Il attendit une suite en restant muet pour ne pas exploser.

« Comme nous ne sommes pas mécontents de votre travail et de votre assiduité, nous vous donnons une chance. Un poste vous attend à la Manufacture de Tabac. Comme vous le savez sans doute, ils sont comme nous rattachés à l'État. Vous pouvez refuser cette chance que nous avons la bonté de vous offrir. Votre compte est prêt.

Comprenant que son procès était réglé d'avance, il prit l'enveloppe et, s'efforçant au calme, se justifia.

– Monsieur, je n'ai pas réclamé ces deux heures de salaire perdues pour moi…

– Est-ce que les autres, seulement, réclamaient quelque chose ?

Devant tant de mauvaise foi, Jules dit simplement :

« J'accepte de travailler à la Manufacture de Tabac. »

Il eut le cran de ne pas remercier.

« Allez-y dès maintenant, on vous attend. Un conseil : ne jouez pas les agitateurs si vous ne voulez pas rejoindre la cohorte des chômeurs ! »

Dans le couloir il buta sur Victor qui tirait un chariot sur lequel s'empilaient des caisses de « tiges ».

« Où vas-tu, mon petit gars ?

– Je suis viré, Totor. Comme un malpropre… Il faut que mon Alsacienne le sache. »

La porte de la section étant ouverte, il fit un pas dans l'atelier immense de l'emboîtage à la main où Louise travaillait parmi une centaine d'ouvrières. Il l'aperçut de loin malgré la présence de la contremaîtresse qui fit barrage de son corps comme s'il avait l'intention de violer toute la gent féminine.

« Vous perturbez le travail », dit-elle en écartant les bras.

Alors il s'écria :

« Mesdames ! On m'a porté en triomphe le mois dernier. Aujourd'hui on me porte dans la tombe ! »

C'était grandiloquent, aussi après cette déclaration il disparut sans attendre de réactions. La contremaîtresse eut du mal à rétablir l'ordre car les ouvrières se mirent à bourdonner, certaines lâchant leur poste pour entourer Louise qui avait compris la situation.

Camille, la délurée, grimpa sur un tabouret et lança :

« C'est une injustice, les filles ! Jules n'a rien fait de mal. Pour une fois qu'on bouge ! Nous, les femmes, on travaille dix heures par jour, on est payées moins que les ouvriers, et on doit toujours être contentes… Savez-vous ce qu'ils ont fait aux États-Unis d'Amérique ? Quatre cent mille ouvriers ont manifesté à l'appel des syndicats le 1er mai 1886. Ils ont obtenu la journée de 8 heures ! Maintenant, on s'offre du muguet, mais il faut continuer à se battre ! »

La grosse Julie applaudit, mais Berthe freina son enthousiasme en lui murmurant :

« Tu veux être "lourdée" toi aussi ? »

Le bruit fit accourir les surveillants des autres ateliers. L'un d'eux s'exclama : « Mais c'est une émeute ! »

Tout rentra dans l'ordre, chacune se remit au travail et la contremaîtresse eut la bonté d'âme d'étouffer l'incident.

Lorsque Jules se présenta avec une heure de retard à la Manufacture de Tabac, il fut accueilli favorablement, à son grand étonnement. Les bâtiments austères rappelaient une caserne ou un hôpital militaire. Leur implantation dans une petite rue, derrière l'église de Pantin, consolait Jules puisqu'il se trouvait ainsi à quelques minutes du café.

On lui assigna un poste au hachage du tabac. Pas difficile de comprendre ce travail répétitif qui consistait à vider dans un gueuloir les feuilles de tabac entassées dans des sacs, à tourner la roue de la machine, et récupérer dans une caisse un salmis de tabac dont il apprécia l'odeur qui déjà avait flatté ses narines au dehors. Au moins une compensation. Il ne regrettait pas les effluves de suint, mêlés à celles des parfums et savons s'échappant des usines des Quatre-Chemins.

Le soir, il pédala très vite au-devant de Louise qu'il ne pouvait pas manquer. Il fut heureux de constater sa joie de le retrouver.

« On descend sur le canal ? » lui demanda-t-il. Elle acquiesça en riant.

D'amusants champignons de verdure bordaient les berges. Quelle métamorphose ! Les petites feuilles des tilleuls – pointillés verts sur des squelettes noircis – s'étaient agrandies en forme de cœur. Le parfum voluptueux des fleurs de tilleul masquait ce relent de vase qui émanait parfois du canal selon le caprice du vent.

Sans trop s'appesantir, Jules raconta à la jeune fille son changement d'état. Elle s'indigna, le plaignit et se laissa embrasser, appuyée contre un arbre, le soleil jouant à travers le feuillage à lui faire danser des taches d'ombre sur le visage.

« Défais tes nattes, ma Louison.

– Non, c'est compliqué, répondit-elle de mauvaise grâce.

– Pour me faire plaisir, dénoue tes nattes, réitéra-t-il avec insistance.

– Mais pourquoi ? se fâcha-t-elle. Ce serait long à refaire…

– Il a de la chance M. de Terrande. Tu ne te fais pas prier avec lui ! »

Elle se détacha de lui, les traits de son visage soudain empreints de sévérité.

« Tu nous espionnes ! C'était toi l'autre soir dans le couloir ?

– Parfaitement, c'était moi. Je venais certains soirs pour t'admirer lorsque tu posais. Tu étais si belle en robe de bal, avec tes cheveux étalés sur tes épaules ! Tu devrais en être fière… Je ne vous dérangeais pas, je lui volais seulement un peu de son regard sur toi », dit-il en baissant la voix.

Elle ne trouva rien à répondre.

« Louise, je t'en prie, ne vois plus cet homme.

– Tu es jaloux ma parole ! J'ai horreur de ça. »

Elle partit en courant. Il n'avait pas bougé et la regarda passer le pont, les yeux embués de larmes.

Au premier regard, pépère Joseph vit tout de suite que Louise n'était pas de bonne humeur. Il profita qu'elle l'embrassait pour lui murmurer :

« Qu'est-ce qu'on a fait à mon petit cœur ?

– Je déteste les garçons. Ils sont bêtes.

– Il t'a fait de la peine ? », demanda-t-il d'un ton hésitant.

Elle secoua la tête négativement, comprenant qu'il était au courant de son amourette.

« Je vois que tu n'as plus confiance en moi. Enfin… si je peux t'aider. »

Catherine, derrière le comptoir, entendit cette dernière réplique. En quoi sa fille avait-elle besoin de secours ? Elle lui échappait. Elle s'accusa de négligence. Sans doute depuis quelque temps apportait-elle plus d'attention à Jacquot ?

Henri, absorbé par son incessant travail, n'avait cure de ces tracasseries. Il avait rapproché deux tables dans la salle, autour desquelles discutaient en trinquant une dizaine de dirigeants sportifs de l'Olympique de Pantin. Louise, en nouant son tablier, questionna son père sur ces nouveaux venus. Il entraîna quelques instants sa fille dans la cuisine.

« Tu vois fifille, il faut être patient. J'ai enfin récolté la clientèle du club de football. Ils se réunissaient au Grand Café, je ne sais pas la raison de ce changement, mais à partir de maintenant les gars vont se réunir chez nous », annonça-t-il triomphalement en se frottant les mains.

Le pauvre Henri ne savait pas quel boulet il s'attachait au pied ! Combien de soirées il serait obligé de rester ouvert tard, pour des clients qui consommaient à peine !

De retour dans la salle, il accrocha une grande ardoise destinée à inscrire les jours de rencontres et de matchs au stade Delizy, situé près du canal.

Contrarié de voir « sa table » occupée, M. Pinson se réfugia à celle de l'angle près de la vitrine avec Albert. D'abord il n'aimait pas le sport. La présence de cette horde brisait les habitudes et éparpillait son cénacle. Dommage, il avait une information intéressante. Lorsqu'il comprit que celle-ci tomberait à plat, il se faufila jusqu'au comptoir, Albert sur ses talons, pour régler sa consommation à la patronne. Il s'adressa à un groupe de postiers.

« Les Parisiens vont sécher leurs larmes ! décréta-t-il assez fort pour suspendre les conversations. Henri, le corps plongé dans sa glacière à casser des glaçons à l'aide de son pic à glace, se retourna. Pépère, qui rechargeait des siphons en capsules de gaz, interrompit son travail.

« Mes amis, on a retrouvé la *Joconde* à Florence dans une chambre d'hôtel ! lança M. Pinson.

– Je ne savais pas qu'on l'avait perdue, grommela un facteur indissociable de sa lourde boîte en bois.

– Elle n'était pas perdue, mais volée au Louvre il y a deux ans. Une catastrophe nationale !… précisa La Gazette, comme l'appelait le patron.

– Moi, la peinture, j'm'en fiche complètement, réussit à prononcer Ficelle à son troisième blanc-cass.

M. Pinson, déçu de tant d'indifférence, tapa sur l'épaule d'Albert pour l'inviter à sortir et grinça : « Des ignorants, Albert. Des ignorants ! »

XI

Le jour de gloire

CE DIMANCHE DE JUIN annonçait un été chaud. Henri, dès le matin, avait descendu le store de la terrasse pour mettre à l'abri du soleil sa clientèle dominicale si différente de celle de la semaine. Surtout pour les dames qui ne voulaient pas se gâter le teint.

On déjeuna de bonne heure pour se rendre ensuite au Salon de peinture avec M. de Terrande. Il fallait remonter à plusieurs années pour se souvenir être montés à Paris en famille. Pépère Joseph était ravi de garder seul le café. Il craignait tant qu'on le relègue comme un vieux gâteux ! Si, dans son village d'Alsace, l'ancêtre faisait figure de chef de famille, il avait constaté avec frayeur de nombreuses fois à Paris que les grands-parents étaient une charge indésirable, placés souvent à l'Hôtel-Dieu pour y finir leur vie. La partie charcuterie étant sous sa responsabilité, il se considérait comme un maillon indispensable. Remplacer Henri au café était une première.

Catherine, lasse de ses habits de deuil, se chapeauta d'une large capeline ornée de bouillonnements de tulle mauve. Sur sa robe de soierie couleur aubergine, elle boutonna un caraco puce dont le balainage marquait la taille et enserrait à craquer sa généreuse féminité.

Moins coquet, Henri s'était fait aider pour rentrer son ventre dans le pantalon de son infatigable costume gris rayé. Si Jacquot avait grandi, le costume marin n'avait pas suivi. Il l'avait endossé en pleurant. Pour la culotte trois-quarts passe encore, mais pour accepter les manches trop courtes, il fallut des arguments empruntés au lexique de la marine française et… à une taloche.

« Tu viens, Louise ? s'impatienta la mère, nous t'attendons ! Toujours en retard ! »

Comme un ballet bien réglé, M. de Terrande émergea du couloir au moment où la belle Alsacienne franchissait le seuil de la boutique. Ravissante dans cette robe de cotonnade à carreaux jaune et bleue, elle semblait s'être échappée du tableau de M. Renoir, *Le Moulin de la galette*. Lui, les surprit tous. Délaissant son paletot fatigué et son ample blouse de peintre dans laquelle il flottait, il leur apparut rajeuni, les épaules bien prises dans une veste de velours bleu nuit, la tête coiffée d'une faluche et une lavallière nouée à la diable.

Ils durent traverser la place pour emprunter le tramway électrique Pantin-Opéra. Louise fut clouée sur place lorsqu'elle aperçut Jules, assis sur une marche de l'église Saint-Germain. Elle fit mine de nouer le lacet d'une bottine pour laisser partir les autres.

« Qu'est-ce que tu fais là ? Tu ne m'attends pas j'espère ? l'interrogea-t-elle.

– Je vois qu'IL fait partie de la famille, maintenant ?

– Ne reste pas là Jules, je t'en prie. Viens demain soir, à la sortie des Allumettes ».

Elle le planta là, déconfit et souffrant comme elle ne pouvait se l'imaginer.

Elle rattrapa le groupe. Personne ne semblait avoir remarqué l'incident, sauf Catherine qui fusilla sa fille du regard.

Durant le trajet en tramway, ils s'amusèrent à regarder, à la hauteur des fortifications, des groupes de cyclistes des deux sexes qui partaient vers la campagne pantinoise jusqu'aux buttes de Romainville. La mode de ce sport faisait fureur.

Jacquot, appuyé contre la vitre, admira les fiacres parisiens conduits par des cochers en redingote et haut-de-forme, une couverture écossaise sur les genoux. Louise, qui ne voulait pas s'extasier comme une enfant, s'émerveilla toutefois de découvrir d'imposantes automobiles que l'on ne voyait guère à Pantin. M. de Terrande, marcheur infatigable qui parfois se rendait à pied à Montmartre, se permit d'initier Henri en lui désignant une berline noire Panhard-Levassor et, aux abords des beaux quartiers, une décapotable Rolls-Royce jaune bouton-d'or. Henri estima la valeur d'un pareil engin : « Le travail de toute ma vie n'y suffirait pas », pensa-t-il.

À l'Opéra, le tramway atteignit son terminus. Louise n'avait jamais vu ce théâtre prestigieux et fit le vœu d'assister un jour à un spectacle de ballet. Ils furent tous affolés par l'intense circulation de la capitale. Des livreurs, des ouvriers, des marchands ambulants les bousculaient parfois. À la vue de quelques élégantes protégées d'une ombrelle, Catherine rougit de sa tenue sans doute démodée. Henri, en veine de générosité, proposa de prendre un fiacre pour atteindre le rond-point des Champs-Élysées.

« Ce serait une promenade magnifique, mais je pense aux petites jambes de Jacquot et aux bottines pointues des dames… »

M. de Terrande s'attarda un instant auprès d'une fleuriste pour offrir à Catherine un bouquet de violettes qu'elle fixa aussitôt au revers de sa jaquette. Connaissant ses moyens, ce geste délicat la remplit de confusion. « Décidément, c'est un homme bien ! J'en parlerai avec Henri. »

Ils furent très intimidés lorsque M. Anselme de Terrande s'immobilisa devant le Grand Palais. Au-dessus de la porte d'entrée figurait une banderole : *Exposition des Artistes Peintres*. Ainsi leur voisin de cour, ce rapin minable à qui Catherine avait consenti à ce qu'il portraitise sa fille, était un artiste reconnu ! Catalogue en main, il ne voulut pas les faire languir. Ils défilèrent donc au pas de course devant des bouquets de fleurs, des paysages marins et les premières tentatives d'étranges élucubrations.

Était-ce dû à l'emplacement, dans cet angle de lumière tombant de la verrière ? Le visage de Louise leur apparut rayonnant de jeunesse, de douceur, de beauté. Son auteur lui-même reçut un choc qui suspendit sa respiration. En une fraction de seconde, il revécut la magie des séances de pose.

Des admirateurs lui faisant barrage, Henri les supplanta impoliment, découvrant enfin le fameux tableau.

« Elle est magnifique ! Ah ! M. de Terrande, vous avez fait là un chef-d'œuvre ! » et prenant à témoins les visiteurs : « C'est ma fille. Elle est là, vous voyez, c'est ma fille…

– Je t'en prie Papa, on se fait remarquer…

– Et alors ? Ton portrait est remarquable ! À côté de ceux qui t'escortent ! »

Malgré l'impertinence qui mit au supplice M. de Terrande, il faut bien avouer que Louise était prise en sandwich entre une représentation criarde de deux cacatoès et un escabeau contre lequel grimpaient des araignées.

Catherine, à court de vocabulaire pour traduire ses louanges, s'extasia sur la beauté du cadre doré. Seule la jeune fille ne disait rien. Inquiet, M. de Terrande la regarda dans les yeux.

« Vous n'aimez pas, Louise ? Donnez votre impression. N'ayez crainte. »

Il attendit sa réponse dans la fièvre en la détournant un peu des autres. Seule comptait sa réaction.

« Vous m'avez embellie, Monsieur...

– Faire le portrait de quelqu'un ce n'est pas seulement dessiner fidèlement le nez et la bouche. Dans le regard, on doit laisser transparaître l'âme, la pureté et la bonté.

– Je ne suis pas si angélique. Ne vous trompez pas sur moi, mon grand-père qui m'adore avoue que je suis parfois une chipie !

– Alors il ne me reste qu'une chose à faire : votre portrait au moment où vous serez une coquine dévergondée et capricieuse. »

Elle rit de bon cœur et le rassura sur la perfection du tableau.

En attendant le résultat des délibérations du jury, ils promenèrent leurs yeux sur toutes les œuvres présentées. Jacquot s'intéressait aux marines et aux animaux. Entre-temps, il faisait le train en suivant les lames de parquet. M. de Terrande reconnut des amis peintres à qui il présenta son modèle. La poitrine de Catherine se gonfla d'orgueil lorsqu'elle entendit l'un de ces jeunes gens dire : « Tu as de la chance ! » Réflexion par contre qui déplut à Henri.

La médaille d'or fut remise à un disciple de Marcel Duchamp, précurseur des « dada ». La médaille d'argent récompensa une parodie gigantesque de la rencontre des Horaces et des Curiaces. M. de Terrande murmura : « Je suis cuit ! » Sa tension ascensionnelle lui fit bourdonner les oreilles. Dans un brouillard, il entendit : « Le prix de la Ville de Paris est attribué à M. Anselme de Terrande pour son œuvre *L'Étincelle*. »

L'auteur dut rejoindre les deux vainqueurs sur une estrade.

Des plateaux circulèrent avec des petits fours et des coupes de champagne. Notre ami, entouré et félicité, disparut aux yeux des Pantinois.

« Pourquoi *L'Étincelle* ? Savez-vous pourquoi *L'Étincelle* » ? questionna la mère en suçotant deux doigts poissés de caramel.

Enfin, le lauréat les rejoignit. Les dames se permirent de l'embrasser.

« Cette récompense est aussi la vôtre, Louise. »

Ils furent d'accord pour rejoindre l'Opéra à pied. Henri proposa de traverser le jardin des Tuileries plutôt que de suivre la rue de Rivoli, ce qui combla de joie le garçonnet mais déçut les dames qui rêvassaient de voir les boutiques des Arcades.

Elles n'y perdirent rien, car dans ce jardin la mode était au rendez-vous. La douceur de cette fin d'après-midi permettait encore aux élégantes de promener leur oisiveté. Exagérément corsetées, elles n'étaient guère assises, laissant cette position aux gouvernantes qui pouvaient s'épanouir grâce à leur cape, à portée d'un landau.

À défaut de manchon, ces dames jouaient des mains en faisant danser une ombrelle, ou tenaient en laisse un lévrier dont elles mimaient la démarche aérienne. On fit une pause devant un bassin où voguaient des bateaux à voile dirigés à la baguette par des marins en herbe. Parfois, le jet d'eau central provoquait des naufrages. Pour décrocher Jacquot du spectacle, Henri lui donna un sou pour acheter une boisson à une marchande de coco.

En vue du guignol d'où s'envolaient les cris des enfants, Louise se haussa sur la pointe de ses bottines pour apercevoir au-dessus de la clôture l'empoignade des marionnettes.

Catherine pinça la manche de M. de Terrande pour attirer son attention, puisqu'Henri se l'accaparait depuis le début de la promenade.

« Monsieur ! Pourquoi avez-vous intitulé le tableau *L'Étincelle* ?

– Pour le catalogue, nous sommes obligés de donner un titre. L'ouvrage terminé, nous voyons ce qui convient le mieux. Qu'est-ce qui apparaît dans le visage de votre fille ? Un instant de grâce : la beauté de sa jeunesse, et vous savez comme moi qu'elle ne dure pas. Elle brille de tous ses feux comme une étincelle. J'ai immortalisé cet instant. La beauté, hélas ! se fane, comme une fleur…

– C'est triste. Regardez-la, comme elle est encore enfant. Elle s'amuse à voir le guignol…

– Chaque âge a sa beauté, madame Catherine ! Ma mère, avec ses cheveux blancs, est très belle. Pour moi c'est le réconfort et la sagesse. Vous, c'est la plénitude, l'envie de croquer encore dans la vie à pleines dents, malgré le combat constant contre les désillusions.

L'embarras de Catherine, non habituée à pareil discours, éveilla un tantinet la jalousie d'Henri qui rattrapa le couple.

« Dans quelle catégorie vous rangez-vous, M. de Terrande ? questionna Catherine sans prêter attention à la manœuvre d'approche de son mari.

– Nous, les artistes, ne sommes jamais sages. On meurt en rêvant encore comme les enfants… Mais on vieillit comme tout le monde ! » conclut-il, en riant.

Chacun traînait les pieds en remontant l'avenue de l'Opéra, et les conversations s'étaient tues. On reprit le tramway. Jacquot s'endormit.

Henri, blasé des belles voitures, ne regardait plus par la vitre, mais observait son vis-à-vis : celui dont parlerait le journal demain !

« Ma femme a voulu régler votre œuvre l'autre jour...

– Nous verrons cela lorsque je récupérerai le tableau dans quelques jours. À moins qu'il n'ait été vendu entre-temps, dit calmement le peintre.

– Vous plaisantez j'espère. Il s'agit de MA fille. Je n'aimerais pas qu'elle soit accrochée dans le salon d'un inconnu, décréta Henri en faisant monter le ton d'un cran.

– Rassurez-vous monsieur Henri. Nous ne galvauderons pas le portrait de votre fille. »

Henri poussa un soupir de soulagement, mais M. de Terrande ajouta :

« N'empêche que c'est MON tableau ! »

L'arrivée du tramway à l'église de Pantin empêcha peut-être les deux hommes de devenir véhéments.

Ils surprirent pépère Joseph radieux derrière le comptoir. Il avait reçu beaucoup de monde en ce dimanche après-midi, surtout à la terrasse où s'éventaient des promeneuses et s'épongeaient des hommes assoiffés. À la sortie des vêpres, Albert lui avait donné un coup de main pour ouvrir des canettes et offrir des grenadines aux enfants.

L'attribution du tableau n'ayant pas été réglée, Henri tint à se concilier les faveurs du peintre.

« Papa ! Je ne te remplace pas tout de suite, nous avons quelque chose à fêter tous ensemble. On s'installe au frais dans la salle à manger et tu nous ouvres une bouteille de champagne ! »

Pèpère Joseph crut un instant que son fils devenait fou. Du champagne ! M. de Terrande n'avait jamais eu l'occasion de pénétrer dans l'arrière-boutique. Une fois groupés autour de la lourde table à l'italienne, ils se trouvaient prisonniers de ces murs où tout rappelait l'Alsace : deux charmantes gravures de Hansi colorées comme des images d'Épinal représentaient : l'une, des enfants en costume alsacien conduisant un troupeau d'oies, l'autre une place de village avec des cigognes sur les toits. Ses yeux se promenèrent sur la galerie du buffet Henri II où se glissait une farandole d'assiettes d'Obernai. Il comprit que tous ces gens souffraient toujours d'être des exilés.

Il se sentit bien chez ces gens simples au grand cœur. Catherine, meurtrie dans ses bottines comme une Chinoise aux pieds bandés, disparut pour enfiler ses chaussures de toile. Elle souffla à sa fille :

« Va chercher la grand-mère, Louise.

– Je crains qu'elle ne refuse », dit le peintre.

Prestement, Louise disparut, heureuse de revoir cette vieille dame amusante et distinguée, ce qui n'est pas incompatible.

Celle-ci avait déjà allumé la lampe. Dans son halo, elle s'appliquait à repriser un bas. Avec émotion, la jeune fille pénétra dans ce cadre qui lui était devenu familier. À la vue du chevalet vide, son cœur se serra ; il avait rangé ses pinceaux et ses brosses. Ce chantier désaffecté l'attrista. Le chat resté immobile lui causa l'impression qu'elle était invisible.

« Bonjour grand-mère », articula-t-elle assez fort.

Alors les choses s'animèrent. La dame sursauta en relevant le front et lâcha son ouvrage, le chat s'étira en s'aplatissant, bailla en découvrant sa langue rose.

« Quelle surprise, ma belle ! Ne m'appelle pas grand-mère, c'est vraiment trop vieux. Tu peux dire : Adèle.

– Nous rentrons à l'instant de l'exposition, Adèle. Votre fils vous annoncera une bonne nouvelle si vous venez boire le champagne chez mes parents. »

La vieille dame, qui se méprit, questionna :

« Vous allez vous fiancer ? »

Louise pouffa.

« Quelle idée ! Allez, venez Adèle ! *Ils* ne seraient pas contents !

– Il me faudrait un brin de toilette, je n'ai plus l'habitude d'aller dans le monde.

– Pour aller s'asseoir dans notre arrière-boutique ! Vous avez toujours l'air d'une marquise avec vos jolis cheveux bouclés… »

La vieille dame quitta ses chaussons, enveloppa ses épaules d'une étole de laine blanche qui – pensa Louise – la fit ressembler à un agneau, et tira sa porte.

La salle à manger pleine à craquer vivait une grande excitation. Albert avait permis à pépère de venir les rejoindre et le champagne pétillait dans les coupes avec ce bruit délicieux de papier de soie froissé. On se serra pour intercaler Adèle entre son fils et Henri. Elle avait lâché sa solitude et maintenant, les yeux éblouis, portait un toast au prix décerné à ce tableau dont elle avait vécu la genèse, les balbutiements, les doutes, l'aboutissement.

La conscience professionnelle obligeant les patrons à reprendre le tablier, on se congratula une fois encore. M. de Terrande mit fin au supplice d'Henri en lui déclarant qu'il acceptait de se séparer du tableau, si toutefois il en acceptait les conditions.

« Là-dessus, on sera d'accord. Votre tarif sera le mien », dit Henri en lui tapant amicalement sur l'épaule.

Le mot « tarif » fit sourciller le peintre. Selon sa conception, on ne vendait pas un tableau comme un tonneau de cidre. Il garda sa réflexion pour lui. Sans doute l'idée de se séparer de ce portrait lui arrachait le cœur.

« Monsieur Henri, m'accorderiez-vous la permission d'emmener Mlle Louise à la Butte Montmartre ? Elle m'a confié ne jamais avoir vu le Sacré-Cœur, ni la place du Tertre. Elle serait étonnée d'emprunter le funiculaire… »

XII

L'accrochage du chef-d'œuvre

S'IL N'AVAIT PAS SOUFFERT de son chagrin d'amour, Jules aurait été presque heureux. À la Manufacture de Tabac, il était perdu dans la masse. Environ sept cents hommes et autant de femmes fabriquaient des cigares. Des « favoritos », des « millaros » et récemment des « ninas ». Personne ne semblait au courant de l'incident avec la Direction, et sa petite gueule d'amour lui valait les sourires et les clins d'œil de certaines coquines. Il n'avait que l'embarras du choix, et celle qu'il aimait s'amusait à le torturer !

Toute la famille du « bistrot » était hypnotisée par ce peintre, ce béjaune au poil blond qui jouait les aristocrates… Il se rendit compte que la jalousie le rendait injuste et méchant. « C'est de sa faute aussi, à elle ! » maugréait Jules.

Avec la complicité du chef de section il quitta son atelier un quart d'heure plus tôt. Il voulait coincer Louise à la sortie des Allumettes. Il partit, le diable aux trousses, bousculant quelques passants, mais dut stopper avant de traverser la route d'Allemagne encombrée sur toute sa largeur par le passage de quinze cents moutons qui termineraient leur voyage aux abattoirs de La Villette. Jules pesta, allumé par cette fièvre d'en découdre avec son amour, ou d'en crever.

Les ouvrières sortaient par vagues, les mères de famille reconnaissables à leur pas hâtif, les jeunes filles, presque des enfants, s'échappant en riant comme des écolières. Quelques gars, dont certains enfourchaient une bicyclette, lui firent un signe amical de la main. Il fut heureux de constater qu'on ne l'avait pas oublié. Mais pourquoi Louise traînait ainsi ? Il dit une plaisanterie à Julie et à cette aboyeuse de Camille qu'il n'osa pas questionner. Les traits de son visage trahirent soudain une inquiétude : le flot des ouvrières se tarissait… Il s'enhardit à monter les deux marches et se glissa dans le sombre hall contre le mur duquel la solennelle photographie des fondateurs et des directeurs – aujourd'hui vétérans – semblait lui rappeler sa mise à pied. Une injustice qui lui nouait encore la gorge !

Il reconnut sa voix. C'était elle, en conversation avec Victor. Le vieux bonhomme parut heureux de revoir « son p'tit gars ». Il avait l'air si bienveillant que ce sourire faisait oublier les méfaits du phosphore blanc. Louise manifesta également son plaisir de voir Jules et se justifia :

« J'étais de balayage après le travail cette semaine, j'aurais dû te le dire. Au revoir Victor ! À demain ! »

Elle sauta les deux marches et s'accrocha au bras du garçon pour traverser la cour.

« Une gamine… » pensa Jules. Il la trouva encore plus jolie que dans ses rêves. Elle lui déclara n'être pas pressée. Leurs pas innovèrent une promenade. Des Quatre-Chemins vers le fort d'Aubervilliers s'étendait la « plaine des Vertus ».

« Attention, Jules. Ne pas confondre avec les petites vertus ! »

Elle était de bonne humeur.

Ils longèrent des jardins, empruntant des sentiers qui avaient des allures de campagne. Il la tenait par la taille, ému et silencieux. Elle se laissa voler des baisers furtifs, comme par jeu, riant, curieuse de trois poules dans un enclos ou d'un cerisier plein de promesses. Il goûtait ces instants, anxieux de se persuader qu'il fallait sonder Louise sur ses véritables sentiments. N'allait-il pas tout gâcher avec ses questions ? Ils arrivèrent à une fontaine publique où des enfants buvaient dans leurs mains. Une fillette vint remplir un seau et disparut en clopinant sous la charge dans une sente qui mourait sur une bicoque sordide.

« Elle me fait penser à Cosette, s'attrista Louise.

– Cosette ? Je la connais ? questionna Jules.

– Sûrement pas. Hélas ! soupira Louise. C'est une héroïne… dans un roman, précisa-t-elle.

– Je comprends. »

Il baissa la tête et laissa passer le temps.

« Voilà ce qui nous sépare. Tu constates que je suis un idiot ! »

Elle lui fit face et de ses mains lui enserra les épaules.

« Tu te trompes. Ta naïveté me touche au contraire. Je t'aime comme tu es, simple et très gentil. À la maison on m'a mise souvent en garde contre les hommes, mais avec toi j'ai confiance. »

Elle ne vit pas qu'il avait les yeux noyés de larmes, bien qu'il fît des efforts pour les refouler. Devant son silence elle ajouta :

« Si tu veux, je te prêterai mes livres. On pourra en parler. »

Elle lui disait des choses bouleversantes, mais le considérait comme un charmant camarade.

« Qu'est-ce qu'il est pour toi, M. de Terrande ?

– Un peintre.

– Vous vous promenez en famille comme avec une vieille connaissance…

– Il n'y a pas de quoi être jaloux. Nous sommes allés à l'exposition voir le tableau. Figure-toi qu'il a reçu une récompense !

– En plus ! Il y en a qui ont de la chance… Où est-il ce portrait ? Lorsque tu posais je n'en voyais que le dos.

– Tu le verras bientôt, mes parents l'ont acheté.

– Encore une chance. Tu ne seras pas admirée par des yeux étrangers. J'ai l'impression qu'ils te saliraient.

– Mon petit Juju, dit-elle en l'embrassant sur le nez, tu ne lis pas mais tu parles comme un livre. »

Ils rebroussèrent chemin, heureux de cette nouvelle entente. Il était rassuré. Elle ne lui interdisait pas de la voir, de laisser frotter sa joue rugueuse contre sa peau satinée, de sentir la tiédeur de son cou et s'enivrer du parfum de ses cheveux qu'il savait restituer lorsqu'il fermait les yeux pour penser à elle.

Henri n'était pas à prendre avec des pincettes. L'après-midi était déjà fort avancé qu'il n'avait pas eu le temps de déjeuner. Pépère Joseph s'était fait houspiller lorsqu'il lui avait tendu un sandwich aux rillettes : « Je n'ai pas le temps, papa !… »

Grâce à la complicité d'un soleil de juin précoce, les commerçants et les maraîchers s'étaient installés tôt le matin et les ménagères avaient déserté leur logis plus que de coutume pour flâner.

On avait calé la porte de la boutique afin qu'elle reste ouverte à cause du va-et-vient perpétuel des clients. Finis les Viandox et les cafés arrosés. On servait des vins frais. Catherine, le teint avivé par le travail, avait mouillé plusieurs torchons à essuyer des verres ! Le placier et les maraîchers avaient donné le coup d'envoi. Les bouchers parlaient fort. Certains avaient une nouvelle manie : se faire cuire un bifteck à toute heure de la matinée ! « On est pressés, madame Catherine, soyez gentille ! » Elle s'exécutait de bonne grâce car ils étaient les plus gros clients. Ils s'installaient à plusieurs, serrés autour de la plus grande table, et ne s'arrêtaient de mastiquer que pour lancer de grosses plaisanteries qui faisaient rire tous les consommateurs.

« Patron ! Vous savez ce que c'est, un fond de culotte ?

– Non, répondit Henri.

– Une Suze-cassis.

– Pourquoi ? questionna Ficelle.

– Parce que "ça s'use qu'assis !" » exulta le boucher.

Ils rirent tous de la bonne farce. Henri la connaissait mais dit qu'elle était bien bonne pour leur faire plaisir. Un des derniers clients après l'apéro fut le raccommodeur de vaisselle. Lulu lui lança :

« Alors ? Ça a marché à tout casser ? » L'autre s'esclaffa, faisant gicler sa mousse de bière.

Le silence revenu dans le café, on put entendre de l'extérieur les bruits familiers du démontage du marché, le trafic des voitures attelées emportant le matériel, enfin l'arrosage de la place.

Pépère Joseph coiffa d'une cloche ses plats de charcuterie. Il conserva son long tablier blanc pour faire une omelette aux patrons.

« À ce rythme-là, vous ne tiendrez pas le coup mes enfants !

– Dans le commerce il faut profiter quand ça marche, papa. On ne sait jamais ! » répondit Henri.

Là-dessus il grimpa sur une chaise pour punaiser deux ou trois attrape-mouches au plafond.

M. Pinson fit une entrée sensationnelle. Coiffé d'un canotier, léger dans son costume d'alpaga, il était accompagné d'Elophe Hermann, son vieil ami avec lequel il avait déjeuné. Une visite bouleversante pour pépère Joseph. Pouvoir enfin parler alsacien ! Avoir des nouvelles du pays… Il partagea leur table. M. Hermann se fit servir un bock qui lui arriva à la hauteur des yeux ; M. Pinson commanda une cerise au kirsch, imité par pépère qui regarda en coin son fils dans la crainte de se faire gronder.

« Quelle impression avez-vous, monsieur Hermann, de votre voyage à Colmar ?

– J'ai abrégé mon séjour, monsieur Joseph. Ma famille m'a pourtant réservé le meilleur accueil, mais la situation est douloureuse. À part de rares industriels qui ont pris leur parti de partager la direction de leur entreprise et s'accommodent très bien de la situation, combien ont perdu leur liberté et leur droit d'être Français. Nous sommes en 1913, voilà plus de quarante ans qu'une nouvelle génération parle de revanche. Comme dans toute la France. »

M. Pinson acquiesça. L'autre reprit :

« Quand avez-vous quitté l'Alsace, monsieur Joseph ?

– En 1872, cher ami ! Pour éviter de faire mon service militaire avec un uniforme allemand ! Je me suis installé à Pantin. Pourquoi Pantin ? La population des Quatre-Chemins est composée presque uniquement d'Alsaciens et de Lorrains. Comme eux j'ai pris racine…

– Moi, à votre âge, je ne m'amusais pas non plus, dit M. Pinson comme pour s'excuser. J'ai vécu l'horreur de la Commune… »

La conversation des trois amis se jouait en sourdine. Eux seuls pouvaient comprendre leur histoire.

Jacquot, rentrant de l'école, précéda M. de Terrande pour l'aider à franchir la porte avec son encombrant paquet entre les bras. Henri s'exclama : « Ah ! La voilà ! »

Catherine retira en hâte son tablier, geste qui remontait au jour où M. le Maire avait fait une visite de courtoisie avant les élections.

Le peintre se défendit de déballer son œuvre dans la salle de café.

« Mais si, insista Henri, ce sont tous des amis. Et puis, ils connaissent la petite… »

De mauvaise grâce, M. de Terrande enleva ficelle et papier et maintint le tableau debout sur une des tables, face à Henri. Celui-ci tourna le portrait, en sorte qu'il soit visible par tous les clients.

Un murmure d'admiration parcourut l'assistance. « C'est tout à fait mademoiselle Louise ! » « On dirait qu'elle va parler… » Lulu et Dédé s'approchèrent pour regarder de près le tableau et la signature. Ils n'avaient jamais prêté attention à sa présence, ayant jugé une bonne fois – Henri s'en souvenait – qu'il était dommage pour un homme dans la force de l'âge de perdre ainsi son temps à « peinturlurer » au lieu de travailler. Révisant leur jugement, ils accordaient à M. de Terrande des lettres de noblesse. Pépère Joseph disait à la ronde : « Elle est belle, hein ? Ma petite fille ? Vous avez vu ce regard ? », savourant les compliments sur le fruit de sa descendance.

Gêné, le peintre n'avait pas lâché le cadre qu'il comptait bien remettre chez lui sur son chevalet en attendant un accrochage adéquat chez son nouveau propriétaire.

Henri ne lui laissa pas le temps de la réflexion.

« Vous allez m'aider, monsieur Anselme. Nous allons lui trouver une place ici.

– Vous n'y pensez pas ! Les vapeurs d'alcool et la fumée vont altérer la peinture, je vous en préviens.

– Ah ! »

C'était un argument de poids. Henri pinça les lèvres, fort contrarié. Catherine, qui avait lâché son repassage dans la pièce voisine, se rangea du côté de M. de Terrande.

« Il a raison Henri. Ce portrait mérite mieux, il trouvera sa place dans notre chambre à coucher.

– En voilà une idée ! Il t'arrive de regarder les murs, la nuit ? Cette petite, témoin de notre toilette, tu n'es pas gênée !... »

Cette dispute inattendue consterna le peintre. Il se sentait coupable d'avoir déclenché pareil désaccord et regretta amèrement de ne pas avoir laissé le tableau au Salon jusqu'au dernier jour avec l'espoir de le vendre à un inconnu.

Les clients, eux, s'amusaient de cet intermède qui tournait à la bouffonnerie car la patronne s'étant saisie du tableau, Henri lui intima l'ordre, comme on l'aurait fait à un chien, de laisser cela tout de suite.

« Puisque tu as toujours le dernier mot et que tu n'en fais qu'à ta tête... ridiculise-nous ! »

M. Pinson, dont la sagesse lui permettait d'émettre son avis, histoire d'arranger les antagonistes, prit la parole :

Anne-Marie Castelaine
Goetzinger

(place de l'Église à Pantin
café chez Georges, Hélène.)

01.39.92.27.06

– En tenant compte de l'avertissement de monsieur de Terrande sur le dégât éventuel de la fumée, peut-être pourriez-vous accrocher ce tableau ici, seulement quelques jours à l'admiration de tous les clients. Vous leur feriez ainsi une faveur, pour remettre ensuite « mademoiselle Louise » à la place qui lui reviendra chez vous ?

Le patron, qui n'aimait pas perdre la face, trouva l'idée excellente. Ainsi « mademoiselle Louise » remplaça l'ardoise du club de football.

La réaction des habitués ne laissa pas indifférents les patrons. La plupart s'immobilisaient dès la porte franchie en reconnaissant le modèle : « Tu nous gâtes, Henri ! Un bistrot qui devient également galerie de peinture… ! » Aussi : « Une fille jolie comme une madone, moi je n'en ferai pas la réclame, je la cacherais jalousement ! » Henri pensa qu'il avait peut-être raison.

Pour ceux qui n'étaient pas observateurs ou faisaient mine de ne rien dire pour taquiner le patron, Henri ne pouvait s'empêcher de les titiller pour extorquer un compliment.

Don Quichotte et Sancho ne s'intéressèrent qu'à la peinture : « T'as vu les perles du collier ? C'est bath ! Qui c'est, l'artiste ? Non ! Le pauvre bougre qui loge au fond avec sa vieille ? » s'exclama l'un d'eux.

À l'apparition de Louise qui rentrait du travail, certains clients applaudirent, d'autres s'approchèrent d'elle. Ficelle, en tenue d'été, son corsage échancré sur une poitrine plate à faire pleurer, voulut l'embrasser. Jacquot eut tort de l'asticoter en lui demandant si elle était contente. Elle fusilla ses parents de ses yeux bleus qui pouvaient lancer des éclairs de haine, et partit rejoindre pépère Joseph au saloir. Celui-ci comprit sur l'instant qu'elle était furieuse.

« Je suis d'accord, mon petit oiseau. C'est une drôle d'idée, mais ce tableau ne restera pas longtemps dans la boutique…

– C'est d'un ridicule, et combien prétentieux ! Qu'en dit M. de Terrande ?

– Il a avancé ses arguments mais – tu connais ton père – il a capitulé avec le cœur gros. »

Elle traversa la cour, frappa à la porte. Ce fut la vieille dame qui la reçut, pratiquement dans les bras. Le chat, apeuré par cette furie, se réfugia sous le divan.

« Vous êtes au courant, madame ?

– Anselme m'a raconté. Ce n'est pas une catastrophe, remettez-vous. Après tout, un tableau c'est pour être exposé aux regards des autres, et parmi les clients de vos parents il y a des gens qui n'ont jamais l'occasion de poser les yeux sur quelque chose de beau. Il faut être philanthrope… »

Qu'il était drôle, M. de Terrande, un tablier de cuisine noué à la taille ! À ce spectacle, la colère de Louise s'évanouit.

« Vous voyez, c'est moi qui prépare le souper. Pourrons-nous aller à Montmartre dimanche prochain ? Rappelez-vous, j'en ai déjà parlé à monsieur votre père qui a donné son autorisation.

Louise ne cacha pas son contentement. En mimant une révérence, elle répondit : « À vos ordres, maître ! Pourrions-nous emmener Jacquot ? Le pauvre, il ne connaît que le sirop de la rue… »

Une ombre de contrariété passa sur le visage du peintre mais il se reprit.

« Bien sûr, il faut qu'il connaisse le Sacré-Cœur, ce petit. »

De retour à la boutique, elle garda le silence sur sa visite. Comme s'ils s'étaient concertés, les clients respectèrent la jeune fille en ne lui parlant plus du portrait. Il y eut même un instant de silence. M. Pinson, heureusement, le brisa en livrant la récente information qu'il brûlait de partager. Il s'adressa à l'unijambiste.

« Vous qui semblez priser l'art, savez-vous que l'on a osé faire interner Mlle Camille Claudel ?

– Cher monsieur Pinson, excusez mon ignorance. Qui est cette personne ? »

M. Pinson faillit en avaler ses binocles.

« Mais c'est un sculpteur exceptionnel ! On vient de commettre un crime !

– Moi, dit timidement l'homme, je pensais que le dieu de la sculpture c'était M. Rodin ?

– L'élève dépasse parfois le maître ! » déclama M. Pinson. Il salua à la ronde en décrivant une hyperbole avec son canotier et sortit avec ses deux amis.

XIII

La Butte Montmartre

En déployant ses cheveux devant sa glace ce même soir, Louise se demanda pour quelle raison elle avait jeté son jeune frère dans cette excursion au Sacré-Cœur ? Elle dut s'avouer que M. de Terrande l'intimidait. Par son talent, son éducation malgré son indigence, par ce passé qu'il dévoilait par bribes et tout simplement parce qu'il était un homme. Jacquot serait un bouclier… Rien à voir avec son ami Jules, touchant de naïveté et de dévotion pour elle. Elle aimait ce charmant garçon mais comprenait qu'il existait autre chose, bien qu'elle ne supportât pas les petites moqueries de ses parents en parlant de lui.

Le dimanche après le déjeuner, les cloches de Saint-Germain appelant les fidèles aux vêpres semblèrent danser à l'apparition de Louise sur la place, accompagnée de Jacquot, droit sous sa casquette plate de marin. Pépère Joseph les regardait tous deux avec bonheur. On lui avait donné congé aujourd'hui et il mourait d'envie de se joindre au trio. Il s'était vêtu comme un lord pour se rendre à l'église où le nom de sa chère épouse serait évoqué parmi une longue liste de défunts pantinois. C'était la version pour Catherine et Henri, mais si M. de Terrande insistait pour qu'il les accompagne, il aurait oublié les cloches, la messe, et la chère disparue !

Ce ne fut pas le cas. M. de Terrande traversa la boutique pour s'assurer – le temps d'un coup d'œil – de la présence du tableau. Son passage déclencha des chuchotements dont il devina la cause, salua avec empressement les patrons qui devenaient un peu des amis.

« Nous ne rentrerons pas tard mais j'aimerais montrer à ces enfants le vieux Montmartre qui est une pépinière de jeunes talents, et l'endroit où parfois je plante mon chevalet.

– J'irai chercher votre maman à l'heure du goûter pour égayer sa solitude », prononça Catherine en soulevant le rideau pour voir le départ.

Surprise d'apercevoir son beau-père piétiner sur le trottoir, elle tapa sur le carreau et désigna l'église.

Il écarta les bras pour signifier qu'il ne comprenait pas, écarquilla les yeux et fit tressauter sa moustache, gymnastique qu'elle interpréta comme une grimace. Il fut tout marri lorsque le peintre le salua, montrant un soleil qui augurait bien de la journée, puis lui dit au revoir ! On sut quelque temps plus tard que pépère Joseph s'était promené jusqu'au Chemin-Vert où avait eu lieu la macabre découverte. Cela remontait à 1869 ! À cet emplacement qui attirait toujours des curieux, M. Troppmann, après les avoir assassinés sauvagement, avait enterré une famille de huit personnes. La guillotine avait mis fin à cette hécatombe…

Le fiacre commandé par M. de Terrande s'immobilisa devant le café. Louise se demanda avec quel argent il pourrait régler ce parcours « à la course ». Il devina son étonnement et expliqua qu'il venait de vendre plusieurs projets pour des panneaux publicitaires.

« Pensez bien, chère Louise, que ce travail alimentaire ne m'amuse pas, mais je connais peu d'artistes qui vivent exclusivement de leurs toiles… »

À la porte d'Allemagne, il désigna à ses deux compagnons les fortifications ceinturant Paris et leur raconta des histoires à faire frissonner.

« Je suppose que vous n'êtes jamais venus vous promener sur les fortifs ? On y danse, car il existe encore une ou deux guinguettes, et on y rit, mais à la nuit tombée on s'y fait détrousser et même... on s'y fait assassiner ! »

Le jeune garçon se serra un peu plus contre sa sœur assise entre eux et fut soulagé de quitter l'octroi.

La voiture cahotant sur les pavés au rythme du trot de l'animal, la jeune fille éprouva une délicieuse émotion à s'appuyer souvent contre l'artiste et fut étonnée qu'il la dépassât d'une tête.

La voiture attelée les laissa devant le Moulin-Rouge. Jacquot, admiratif, eut du mal à se décrocher du spectacle, aussi M. de Terrande lui vanta les merveilles qu'ils allaient maintenant découvrir. Au pied de la Butte, Louise, se détournant, souleva un peu sa jupe pour atteindre la poche de son jupon où elle avait glissé un porte-monnaie en argent. Elle en tira les pièces données par Henri pour acquitter le prix de la montée en funiculaire. Le peintre ébaucha un geste de refus, mais Louise affirma que son père serait très fâché.

Pour M. de Terrande, c'était également un baptême de l'air. La curieuse machine inaugurée en 1900 s'ébranla en émettant des grincements. Après un soubresaut, elle glissa avec la légèreté d'une montgolfière. Les « enfants » collés à la vitre gravissaient tels des géants les marches qui semblaient grimper jusqu'au ciel. Du terre-plein, ils contemplèrent Paris dont les toits paraissaient se dissoudre dans une brume de chaleur bleutée. Toutefois, M. de Terrande, vrai

Parisien et habitué de ce lieu pour y peindre, repéra quelques monuments célèbres qu'il leur pointa du doigt. Il renonça à leur en faire l'historique lorsqu'il s'aperçut que son jeune auditoire s'ébaubissait sur le ballet des pigeons.

La visite de la basilique étant incontournable, ils pénétrèrent en chuchotant dans une quasi-obscurité après l'éblouissement de l'esplanade. Avec ses quelques sous de reste, Louise désira mettre un cierge – elle ne savait à quel saint – du bonheur qu'elle éprouvait de cette aventure. Discrètement, M. de Terrande se tint à distance, Jacquot très impressionné collé à ses basques. À plusieurs reprises, la jeune fille présenta la mèche de sa bougie à la flamme. Enfin, elle se redressa pour lover le cierge allumé dans un chandelier. De la voir ainsi dans cette sombre chapelle, l'intense lumière dansante jouant des transparences sur ce pur profil, le peintre suspendit son souffle. S'imposa à lui les contre-jours inimitables de Georges de La Tour. Les fidèles, inattentifs à cette beauté, vaquaient à leurs pieuses dévotions. Il s'avoua impuissant à traduire cet instant magique sur la toile. « J'en serais incapable », murmurait-il. Ce sentiment de frustration l'envahit de tristesse, de même que son éloignement de l'Église, qu'il s'engagea à rectifier.

Place du Tertre, ce fut l'enchantement. La vie. Les couleurs éclataient de partout : volets des maisons empruntés à l'arc-en-ciel, parasols multicolores abritant des buveurs au rire franc, toiles sur chevalet inventant des arbres bleus et des chiens verts.

Sous l'auvent d'une guinguette, un escogriffe en redingote écossaise, sorti du pinceau de Toulouse-Lautrec, agaçait les cordes d'une mandoline tandis que de petits Savoyards faisaient danser leurs marmottes.

La jeune fille resta muette de surprise. Jacquot battit des mains à l'imitation des gosses montmartrois aux casquettes trop grandes leur mangeant les yeux. M. de Terrande les abandonna à leur contemplation pour serrer la main à quelques rapins dont certains magnifiaient la rue Saint-Vincent, d'autres en attente d'un portrait, du marmot au vieux barbu en dix traits – deux sous m'sieurs-dames.

Ils sinuèrent sur les pavés entre des maisons aux charpentes de bois, plantées comme une méchante dentition, parfois agrémentées d'une treille ou d'un géranium rouge posé comme une tache de sang.

« Arrêtons-nous ici, les enfants. C'est une gargote d'artistes mais la patronne me connaît. »

Il but un gobelet de vin frais issu de la Butte et offrit les deux grenadines.

« Sacré Anselme ! jura la tenancière, tu nous avais caché que tu avais un p'tit gars ! Et une fiancée j'espère ?

– Ce sont mes voisins de Pantin, ma belle ! Mes bienfaiteurs. Quant à la demoiselle, elle a posé pour moi.

– Jolie comme les Amours, tu ne le mérites pas, mon Arsouille ! »

Louise rougit plus fort que sa grenadine.

Pour continuer la promenade, M. de Terrande lui offrit son bras, le garçon sautillant à leurs côtés. Un instant, la pensée de Jules lui traversa l'esprit. « Chaque chose en son temps, on verra par la suite », pensa-t-elle en chassant l'image intruse.

Rue Cortot, ils s'immobilisèrent devant une grille : « À cet endroit Renoir avait son atelier lorsqu'il a peint *Le Moulin de la Galette* ou plutôt le *Blute-Fin*. C'était en 1892 ! Venez, on y va ! »

Ils prirent la rue Lepic.

Anselme de Terrande, si discret, si taciturne à son ordinaire, se montrait en cet instant dévoré d'une fièvre de faire découvrir ce qui l'habitait à ses compagnons. Ceux-ci commençaient à traîner la jambe. Conscient soudain de leur fatigue, il les rassura quant au chemin du retour.

« Cela vous a plu de venir en fiacre ? Nous recommencerons. »

Il avait gardé sa dernière carte pour la fin de l'odyssée.

« Nous allons descendre la rue Norvins. J'ai peint à deux reprises aux côtés de M. Utrillo. Il m'a appris à simplifier mon dessin et alléger ma peinture. »

Jacquot fit la remarque qu'une grande personne n'a plus rien à apprendre puisqu'elle est une grande personne.

« Comme tu es innocent, mon bonhomme ! Plus je peins, moins je suis sûr de ma méthode. »

Et s'adressant à Louise :

« Actuellement, il y a un peintre qui s'appelle Kandinsky. Il révolutionne la peinture avec un genre nouveau. Je n'y comprends rien, j'ai conscience que je ne sais pas prendre le train en marche…

– J'croyais qu'on revenait en fiacre ! » lança Jacquot.

Les trois amis rirent de bon cœur. Durant le trajet du retour ils ne prononcèrent plus une parole.

Malgré l'heure matinale, la journée s'annonçait chaude en cette fin du mois de juin. Henri avait baissé le store pour ombrer la salle et laissé la porte ouverte pour permettre un léger courant d'air avec celle du fond donnant sur la cour. Il pensait avec inquiétude que son pain de glace ne ferait pas la journée. Catherine s'épargnait des corvées de café pour servir des p'tits blancs et pépère Joseph râlait à voir se liquéfier la gelée de ses pâtés.

Catherine ne reconnut pas tout de suite Louise lorsqu'elle l'embrassa en bas de l'escalier pour lui dire bonjour. La veille au soir, elle s'était couchée avec les cheveux entortillés sur des papillotes. Humiliée d'être toujours considérée comme une petite fille, elle avait décidé qu'elle en avait fini avec les nattes et arborait un chignon bouclé qui lui donnait un air romantique.

« Tu as décidé cela toute seule, tu aurais pu m'en parler ! lui reprocha sa mère.

– À l'usine, on ne m'appellera plus l'Alsacienne !

– Il s'émancipe, mon petit cœur, intervint pépère Joseph.

– Vous lui donnez toujours raison.

– Tu crois que ce sera pratique de mettre ton bonnet de travail avec cette cascade de boucles ? »

Pépère Joseph étouffa un fou rire dans le coin de son tablier blanc.

« Vous devriez être consterné que votre petite fille renie le pays de ses ancêtres.

– N'exagérez pas, Catherine. C'est une brave petite ! À cet âge on est frondeur, on ne veut plus obéir… »

Jacquot en profita pour déclarer qu'il ne mettrait pas son tablier d'école à cause de la chaleur.

« Vous voyez, papa, avec votre manie de tout minimiser, vous déclenchez un vent de révolte ! » s'impatienta Catherine.

Henri intervint :

« Bravo ! Ces discussions devant les clients ! Foutez-moi le camp tous les deux ! » ordonna-t-il aux enfants.

Catherine, se sentant désavouée, partit étendre sa lessive dans la cour. La maman de M. de Terrande arrosait ses géraniums devant sa maison. Les deux femmes échangèrent des gentillesses, ce qui obligea Catherine à rengainer sa mauvaise humeur.

Outre sa coiffure, Louise sentait un changement en elle. Désormais elle travaillait aux Allumettes à contrecœur. Sans doute le départ de Jules y était pour quelque chose. Avec Victor ils la distrayaient. Le travail était routinier. Quel était le but ? Passer contremaîtresse à quarante ans ? La conversation de M. de Terrande lui ouvrait des horizons ; de même les nouvelles des journaux distillées par M. Pinson – nouvelles souvent hermétiques pour elle – la confirmaient dans l'idée qu'elle manquait d'instruction. Aimerait-elle retourner à l'école ? Impensable ! Travailler à la boutique, à aider pépère à faire du boudin ? Pas question. Quant à épouser un monsieur à barbichette comme ceux qui la déshabillaient du regard au bal de Cartier-Bresson, c'était dégoûtant !

Pour une fois qu'elle n'était pas en retard, elle flâna à regarder les platanes du boulevard. La profusion de leur feuillage entremêlait les branches les unes aux autres. On se trouvait dans une allée couverte, trouée parfois d'un éclat de ciel bleu.

Convergeant vers les grilles ouvertes de la fabrique, des centaines d'ouvrières de tous âges – certaines sortant de l'enfance, d'autres les cheveux grisonnants – se rendaient à leur journée de travail à la bonne humeur. Elle reconnut parmi elles ses deux amies qui riaient, en échangeant des bonjours à de jeunes garçons qui arrivaient à bicyclette. À l'entrée de la cour, un groupe d'hommes s'attardait autour d'un crieur de journaux : « Une deuxième guerre aux Balkans ! Une deuxième guerre aux Balkans ! » Certains tiraient une pièce de leur poche, imprégnaient leur regard de l'énorme titre à la une et, navrés, commentaient l'événement en garant leur vélo.

Louise se joignit aux deux rieuses qui la questionnèrent, considérant qu'elle savait beaucoup de choses.

« C'est quoi, les Balkans, Louise ?

– Un pays de montagnes... Très loin de la France. Cela ne nous concerne pas. »

Au vestiaire, les filles parlèrent de bien autre chose. La grosse Julie, toujours en souci à nouer les cordons de son tablier, s'extasia sur le chignon de boucles.

« Tu ne feras plus de nattes ? regretta une autre.

– Laissez-la nous raconter sa sortie avec son artiste ! » dit Fernande d'un ton impératif.

Pour donner du piquant à son escapade, elle tut la présence de son petit frère. Elle commença par le fiacre mais elle n'était pas arrivée à l'octroi que la cloche rappela à l'ordre les « causeuses ».

– Je vous raconterai au moment du déjeuner. Qui veut m'aider à enfiler mon bonnet ?

Toutes cherchant à lui faire plaisir, elles se battirent presque pour coiffer l'héroïne du moment. Sa mère avait raison : le bonnet emprisonnant cette chute de boucles faisait penser à une brioche. Leur fou rire n'échappa à la contremaîtresse qui leur fit la réflexion qu'elles n'étaient pas au guignol.

La matinée sembla longue aux curieuses. Elles déjeunèrent à l'ombre de l'auvent d'une écurie. On laissa parler Louise, qui s'interrompait parfois pour engloutir une bouchée de jambonneau. Aucune d'elles n'avait emprunté le funiculaire. « Bien sûr que c'est dangereux ! Un câble peut casser… » Louise ajouta un peu de sel à son récit pour faire frissonner son auditoire. *Il* l'avait emmenée dans une guinguette et présentée comme son modèle.

« Vous avez dansé ?

– Il n'y avait pas de musique.

– Il t'a embrassée ? »

Pensant à Jules, Louise ne voulut pas mentir.

Friand d'histoires d'amour, le petit cercle déçu s'évanouit, abandonnant la belle Alsacienne. Seule resta Fernande, leur aînée, qui lui dit en catimini : « Si tu veux danser, viens avec moi dimanche prochain. Sur les fortifs, j'connais un caboulot où tu seras considérée comme une reine. Tu ne manqueras pas de danseurs, crois-moi !

– Tu viendras au café demander la permission à mes parents… »

Cette diablesse présenta l'invite avec tant de conviction qu'elle fit rêver Louise. Des airs d'accordéon plein la tête, elle fit valser les allumettes qui bout à bout auraient fait le tour de la Terre.

À la sortie elle s'éclipsa, laissant les ouvrières babiller, blaguer et batifoler. Aux abords du canal elle descendit sur la berge, avide de respirer l'air du large puisqu'elle voyait des mouettes, et sans avoir jamais vu la mer s'imagina des partances. L'éclusier était dans son jardin, contemplant ses radis. À défaut de faire fonctionner une écluse qui n'existait pas, il se rendait utile auprès des bateliers et des transporteurs. Il lui arrivait même de haler à côté des chevaux. Il s'approcha de sa barrière et questionna Louise sans ambages.

« Il n'y a plus d'amoureux, ma jolie ?

– Il travaille maintenant à la Manufacture de Tabac. Ce n'est plus son chemin…

– Alors ? La Terre s'arrête de tourner et les Amours partent en miettes ? »

Elle ne répondit pas et lui fit un triste sourire.

Sur la place de l'Église elle vit un attroupement. C'était la matelassière, installée comme chaque année pour carder la laine des matelas fatigués, supprimer les bouloches et les puces par la même occasion. Tôt le matin, elle avait délégué Ernest, toujours prêt à gagner quelques sous, pour frapper chez tous les habitants de la place afin qu'ils s'inscrivent. Le soir il l'aidait pour la livraison. Autour d'un nuage de poussière, les gosses ne perdaient rien du spectacle. La femme, sûrement éreintée, actionnait la machine d'un mouvement de va-et-vient comme si elle avait endormi un enfançon au berceau.

Une montagne laineuse s'accumula sur une natte à même le pavé, abandonnant l'enveloppe du matelas, défraîchie et pantelante comme une défroque.

« T'es pas cap, P'tit Louis ! nargua un môme.

– Si ! Tu vas voir si j'me dégonfle. »

Et P'tit Louis sauta à pieds joints sur la montagne de laine en dispersant des flocons tous azimuts.

« Fichez le camp, les morveux ! » ordonna Ernest avec l'autorité d'un chef lorsqu'il défendait la veuve et l'orphelin.

Louise appela Jacquot qui béait au premier rang.

« Tu as eu le temps de voir travailler cette dame. Rentre !

– Non, j'ai pas vu, parce que Jules il m'a parlé à la fontaine.

– Qu'est-ce que tu lui as raconté ?

– Qu'on est allés au Sacré-Cœur avec M. de Terrande, et puis tout.

– File ! » ordonna Louise, rageuse.

Dans la salle de café bondée, Jacquot vint pleurnicher dans les jupes de sa mère. « Ce n'est vraiment pas le moment ». Elle lui frotta la tête pour le consoler et lui tendit une part de kouglof qu'elle réussissait à merveille. Il partit en reniflant dans la salle à manger, accueilli par pépère Joseph qui se proposa de l'aider à ses devoirs.

La jeune fille refusa le gâteau en disant qu'elle n'avait pas faim. « Si Jules traînait à la fontaine, sans doute cherchait-il à la voir ? » Cette idée l'ennuya plutôt.

Comme elle l'avait promis à Louise, Fernande l'accompagna un soir au café pour demander la permission d'aller danser dimanche. Sans chaperon, l'Alsacienne aurait juré recevoir un refus. À son grand étonnement, après quelques conciliabules avec Catherine, Henri donna son accord. Il prit toutefois des informations : « Vous allez sans doute avec Jules ? » D'un coup sa présence l'aurait rassuré. Il reprit :

« Un bal sur les fortifs ce n'est sûrement pas un endroit sérieux ? »

Fernande, que le mensonge ne dérangeait pas, inventa toutes sortes de garanties, allant jusqu'à dire que c'était un endroit charmant. Même Louise crut en sa mauvaise foi.

« Vous rentrerez avant 6 heures du soir, sinon vous perdrez notre confiance ! Vous êtes l'aînée, mademoiselle Fernande, vous avez une lourde responsabilité… » renchérit Catherine.

Tous les quinquets éteints, Henri fit part sous l'édredon de ses craintes à sa chère épouse.

« J'ai peur que nous ayons agi avec inconséquence, Catherine. Allez danser sur les fortifs ! Je reprendrais ma parole avec plaisir. Qu'en pensestu, ma bonne ?

– L'autre jour, la sortie avec M. de Terrande te chiffonnait. Nous ne pouvons pas garder cette jeune fille prisonnière entre son poste à la fabrique et le comptoir du café ! Tu vois bien l'évolution de notre époque, Henri ? Les femmes font de la bicyclette, rament sur le lac du bois de Boulogne et réclament le droit de vote…

– Puisque vous vous passez si bien des hommes, tu n'as pas besoin de mon avis. Laisse-moi dormir. Bonsoir ! »

XIV

La discorde

Dans l'atelier d'égalisage, les ouvrières, lors de la courte pause, s'interrogeaient sur le brusque intérêt de Louise pour Fernande. On les voyait souvent rire ensemble et se parler à l'oreille. « L'Alsacienne, si gentille et bien élevée qu'elle enlevait toute idée de jalouser sa beauté, s'encanailler avec cette grande bringue de Fernande ! » Les deux amies, qui avaient eu le plaisir de cheminer avec Louise avant l'arrivée de Jules, ne comprenaient pas cette relation. Toutes deux se sentaient limogées ainsi que le pauvre garçon. On se posait la question : le fameux peintre jouait-il maintenant un rôle dans la vie de la jeune fille ?

Ces conciliabules faisaient tempêter la contremaîtresse et n'échappaient pas à Louise qui haussait les épaules.

« Allons mesdames, moins de bavardages s'il vous plaît. Le rendement s'en ressent ! N'est-ce pas Victor ? »

Qu'avait-elle besoin d'un témoin !

Le vieil éclopé, qui arrivait avec son chariot, s'en moquait éperdument. Il chiffonna sa bonne figure de chien en faisant un clin d'œil complice à ces dames.

Dans la semaine, Jules réussit à amadouer son chef pour partir avant la sonnerie. Il n'en pouvait plus de jouer à cache-cache avec Louise, regrettant parfois de l'avoir connue tant elle le faisait souffrir. Elle ne l'avait jamais pris au sérieux, il enrageait. Ce soir elle ne pouvait lui échapper, à moins de traverser le canal à la nage… Ne voulant pas être reconnu le premier, il se dissimula en partie derrière un platane, mécontent de sa faiblesse. À la cloche, les ouvrières sortirent à la vitesse d'un bouchon de champagne, les hommes passant au contraire les portes d'une démarche chaloupée, certains prenant le temps d'allumer une cigarette. Elle était reconnaissable entre toutes, coiffée de son petit chapeau de paille posé à la diable. Flanquée de Fernande, elle riait en secouant la tête. Il constata avec déplaisir qu'elle n'avait plus ses nattes.

Décidé, il fonça vers elle, l'embrassa devant tout le monde, obligeant Fernande à s'écarter. « Tu en as des façons ! » lui dit-elle en se dégageant.

Fernande s'éclipsa.

« Il faut que tu me dises la vérité, Louise. Tu ne tiens plus à me voir depuis que tu fréquentes ce peintre.

– Ah, nous y voilà ! Tu le détestes, cet homme…

– Il te subjugue avec son soi-disant passé d'aristocrate.

– Si tu connaissais sa mère, tu comprendrais : c'est une vraie dame.

– Je n'ai rien contre cette fréquentation, mais je vois bien que tu t'éloignes de moi. »

Elle ne répondit rien et prit son air buté, signe qu'elle était embarrassée.

Par habitude, ils descendirent sur la berge et elle accepta de s'asseoir près de lui sur un limon de haquet. Elle ne se défendit pas lorsqu'il lui entoura les épaules de son bras.

« Je comprends que tu aies d'autres aspirations que de fréquenter un ouvrier, Louise. »

Elle eut un mouvement de dénégation.

« J'aurais pu m'en sortir plus mal. Je ne t'ai jamais parlé de mes parents. La démolition des vieux quartiers de Paris les a fait atterrir ici. Les « déguerpis » de Paris, on les appelait ! Tous ces expulsés ont dû refaire surface. Aujourd'hui mon père travaille aux broyeuses d'ordures et ma mère coupe des poils de lapin pour faire du feutre. Ils se crèvent, les pauvres... »

Elle lui prit la main et la serra fort, pleine d'émotion.

– Moi aussi, je suis une ouvrière. Je serais très malheureuse de ne plus te voir, Jules. Nous sommes amis, mais je t'en prie, accepte que je fréquente d'autres personnes, ne sois pas exclusif...

– La différence avec moi est que je t'aime, et que cet amour-là ne se partage pas.

– Il faut me prendre comme je suis, lui murmura-t-elle. »

D'un geste câlin, elle lui arrangea ses mèches rebelles « de mauvais garçon », disait-elle. Comme elle se baissait pour ramasser son panier de déjeuner qu'elle avait posé à ses pieds, il l'attrapa en la plaquant contre lui. Elle partagea son baiser, qu'il vola par surprise, et remonta la berge en courant.

Elle ne s'arrêta de courir qu'au moment de traverser la route d'Allemagne. Si les voyageurs se félicitaient de la création de ce tramway électrique, il n'en était pas de même des convoyeurs, livreurs, postillons et corbillards que la nouveauté obligeait à faire pactiser les chevaux et les rails. Que dire du passage des troupeaux, parfois effrayés par le vacarme du bolide ! Elle buta sur les uns, s'effaça devant les autres. En approchant du café, elle constata que la terrasse battait son plein. Elle fit un signe de politesse aux clients de connaissance, entre autres les trois Allemands dont la pointe d'accent ne disparaîtrait qu'avec eux. Ils accumulaient les chopes de bière, seul vestige de leur appartenance. Travaillant aux Forges Marchal, ils avaient quitté l'Alsace depuis 1871. Louise salua également deux dames avancées en âge qui venaient chaque vendredi pour siroter un jus d'orange qu'elles aspiraient avec une paille après s'être confessées à l'église d'en face.

Les vrais habitués préféraient la salle plutôt que le trottoir. Sur le zinc, Henri se prêtait comme partenaire à jouer au 421. C'était Lulu ou Dédé qui proposait au patron : « J'te paie un godet, Riri. » Subrepticement Henri, avec des dons de magiciens, versait le verre dans l'évier sous le regard approbateur de Catherine qui l'avait à l'œil !

Après un rapide changement de toilette rendu nécessaire par la poussière de la journée, Louise, de bonne humeur, proposa ses services. M. Pinson, flatté d'avoir encore un attrait auprès de la jeunesse, lui fit les compliments d'usage. Il parla haut afin d'être entendu à la ronde :

« Savez-vous chère petite que l'Opéra de Paris a organisé cette semaine une soirée gratuite, et que les gens ont patienté des heures au bas des marches de notre célèbre théâtre ? Une soirée d'opéra offerte aux ouvriers ! C'est magnifique ! *Carmen*, dont on sifflera les airs sur les échafaudages !

– Je ne connais pas la musique, monsieur Pinson. Un peu le piano, joué par madame de Terrande, et surtout l'accordéon…

– Vous entendez ça, Albert ! Il faut éduquer les masses. Assez de chants patriotiques ou d'inepties du genre *Nini peau d'chien* !

Louise, qui connaissait l'aversion de son père pour les conversations politiques, s'esquiva pour couper court. Ficelle, accrochée au comptoir, et maintenant affublée d'un chien galeux, apporta le point final en déclarant qu'elle avait connu un gars qui jouait de l'accordéon à vous tirer les larmes…

Les deux postiers, qui venaient chaque soir faire le plein lorsque leur sacoche était vide, se poussèrent du coude en lorgnant discrètement M. Pinson et chantonnèrent *Nini peau d'chien.* Avec son journal plié, le défenseur de musique classique frappa de quelques coups secs le bord du guéridon comme l'aurait fait une marquise avec son éventail, encouragea d'un regard Albert à ramasser ses cannes, puis tous deux sortirent dignement.

XV

Les fortifs

FERNANDE VINT CHERCHER Louise très tôt après le déjeuner. Un baptême ayant eu lieu à l'église, un chapelet d'invités n'eut que la peine de descendre les marches pour envahir la boutique. C'était une tradition. Baptêmes, communions, mariages, enterrements, on arrosait la cérémonie. L'hiver, on venait se réchauffer ; dès les beaux jours, on se désaltérait. Les hommes desserraient la cravate et s'éventaient avec leur chapeau. Les dames murmuraient à l'oreille de Catherine : « Où sont les cabinets ? » Le bébé, sans doute incommodé par la chaleur et par la famille qui le sollicitait en risettes, poussait des hurlements. Les deux jeunes filles purent s'esbigner en douceur.

Quant à pépère Joseph, il poussa Jacquot à l'air libre et sortit à grandes enjambées. Ils iraient au bois de Romainville faire une promenade à âne.

Aux abords des fortifications, Louise regretta son expédition. Un sentier quittait la route d'Allemagne, bordé par des bicoques plantées d'une façon anarchique. Sur les palissades, des mots orduriers fraternisaient avec des injures contre les bourgeois. Une odeur de graillon et un air d'accordéon annonçaient une présence humaine.

« Où m'emmènes-tu ? s'inquiéta Louise en serrant le bras de son amie.

– Je t'ai dit qu'on allait danser ! Si tu n'as plus confiance, redescends !

– C'est la cour des Miracles !

– Non, ce sont les zonards de la barrière. Il n'y a pas plus sympathiques. »

Fernande poussa un portillon ajusté de guingois entre deux barrières croulant sous la viorne. C'était un enclos qui ressemblait à un camp de romanichels. Au centre d'une terre battue par les piétinements, brûlait un brasero sur lequel deux individus s'évertuaient à griller des saucisses. Une bande de jeunes lascars coursaient une fille qu'ils réussissaient parfois à coincer pour la chatouiller. Rapide, elle leur échappait, les excitant d'un rire excessif qui se voulait un cri. Des gosses mal peignés, sous l'œil torve d'une matrone dépoitraillée, attelaient un chien à une voiture d'enfant dont la caisse décolorée et enfoncée raclait la poussière. Un gars couché sur un vieux matelas jouait de l'harmonica. Au passage des filles, il s'interrompit, se leva d'un air dolent et s'adressa à Fernande :

« Tu vas à *La Guinchette* ? C'est qui, ta môme ?

– Une jeune fille de bonne famille qu'il faut respecter. Ce n'est pas pour toi.

– Tu viens pour la faire dépuceler ? »

Fernande lui lança une gifle qu'il esquiva en retombant de tout son long sur son matelas en rigolant. Louise, qui n'avait rien compris au dialogue, supplia qu'elle voulait s'en aller.

« D'accord, on s'en va, mais il faut que j'explique à Momo. »

Louise lui jeta un œil interrogateur.

« Il s'appelle Maurice. C'est mon homme quoi… »

Elles contournèrent une montagne de nippes que triaient des chiffonniers, puis aperçurent deux vaches broutant l'herbe du talus. Quelques arbres donnaient même l'illusion de se promener en campagne ! On avait pris du soin à bâtir cet îlot de baraques d'où s'échappaient des rires et des airs d'accordéon. *La Guinchette* s'annonçait par un portique métallique surmonté d'une enseigne en lettres de style Art nouveau.

Au centre d'un espace de terre battue, un gros noyer, qui vivait ses dernières heures avant l'arasement des « fortifs », ombrageait une piste de danse où s'enlaçaient des couples évoluant en parfaite concordance avec la musique.

Autour de tables encombrées de verres et de bouteilles s'acoquinaient toutes sortes d'individus. Au spectacle des filles accoudées sur les épaules de leur compagnon et secouées d'un rire de gorge, Louise évoqua l'image de son père, scandalisé pour moins que cela.

Tandis que Fernande l'entraînait vers une des tables où elle avait reconnu Momo en bonne compagnie, la jeune innocente découvrait un autre monde. Les hommes qui fréquentaient l'établissement d'Henri ne ressemblaient en rien à ceux-là, vêtus d'une veste de lustrine noire sur une chemise de couleur et un drôle de pantalon en velours à la hussarde avec des poches à gousset, ou taille basse « à la mal au ventre ». Leur coiffure surtout l'intriguait : une sorte de chignon « en boule » entre leur col et la casquette.

Momo joua les hommes du monde en s'appropriant deux chaises pour ces dames, qu'il installa en vis-à-vis d'une tigresse lovée dans une étroite robe noire et d'un beau gosse aux yeux de velours qui troubla Louise au premier regard.

Ainsi la grande Fernande fréquentait cette faune étrange ? La surprise lui enleva l'idée de quitter ces lieux. Hâtivement, on se présenta. Il s'appelait Ange. Louise, qui ne connaissait de la danse que les bals de société bien fréquentés, fut stupéfaite de voir sa compagne tirée par la main, sans ménagement, pour l'entraîner sur la piste. Ange mit plus de douceur mais ne lui demanda toutefois pas son avis. Elle remarqua sa taille enserrée dans une large ceinture sous sa veste de lustrine. Ses cheveux noir corbeau ondulés et la matité de son visage lui donnaient un physique de gitan.

« Tu ne connais pas la chaloupée ? Tu vas l'apprendre », lui dit Ange.

Elle apprit vite, serrée contre cette poitrine dont elle sentait battre le cœur. C'était une valse endiablée. Étourdie, elle dut s'appuyer sur lui en voyant les branches du noyer tourner comme un manège sur fond de ciel bleu. Ils revinrent à leur table, lui riant de ses belles dents blanches à dévorer la vie, elle titubant un peu et sortant un mouchoir pour tamponner son front.

« Tu t'amuses, hein ? » lui demanda Fernande sans tact.

Louise répondit par un haussement d'épaules et s'étonna de l'absence de Momo et de la tigresse.

« C'est une pierreuse. Tu me comprends ? » précisa Ange à l'adresse de Louise.

Fernande traduisit, en lui susurrant à l'oreille : « Il veut dire une prostituée... » Elle n'eut pas le temps de s'offusquer, déjà Ange la poussait sur la piste pour une java. La java ? Comment cela se danse ? Albert avait animé des soirées à la boutique avec son accordéon. L'inauguration de l'électricité... Elle revoyait Ficelle se trémousser avec Dédé. Ange lui enserra les hanches dans ses mains comme dans un étau, lui imprimant la cadence. Elle le sentait puissant, sûr de lui. Il la regardait d'un air moqueur. Pensait-il qu'elle se dévergondait ? À l'arrêt de la musique, il lui dit : « Attention, je te fais sauter ! » Il l'enleva dans les airs, ainsi que chacun avec sa partenaire. Tout était si nouveau ! Elle s'amusait comme une folle.

Faute de places assises, des petits groupes s'étaient formés à l'entour. Des « julots » – comme disait pépère – mains dans les poches, le visage à moitié mangé par une large casquette, avaient pris la meilleure place, appuyés contre la balustrade. Des filles délurées fumaient une cigarette. D'autres, enjôleuses, s'appuyaient contre leur homme en les invitant à danser. Elles s'entendaient dire : « Lâche-moi, danse avec Lily ! »

Lorsque Momo réapparut, Fernande lui reprocha de l'abandonner. « J'avais des affaires à régler », lui dit-il d'un ton péremptoire. Louise s'étonna de la soumission de cette grande Fernande qui faisait trembler les femmes à l'atelier... S'apercevant qu'elle commençait à pleurer, Louise l'entraîna à l'intérieur de la baraque pour un brin de toilette. Dans la salle enfumée, des hommes silencieux jouaient au poker avec de l'argent sur la table, pendant que deux gars éméchés s'empoignaient et se vomissaient des horreurs. Le patron, coutumier de ces éclats, leur cria : « Arrêtez de jouer les teignes ! Sortez ! »

C'est ce que firent également les jeunes filles. Leurs places assises étant occupées, Fernande vint poser sa main sur l'épaule de Momo qui, sa superbe évanouie, l'invita à danser. Ange prit délibérément Louise par la taille pour l'asseoir sur ses genoux. Elle n'osa résister. Cette aventure était insensée ; c'était sa première liberté.

Le garçon parlait, si près de sa nuque, ses cheveux étant relevés par un catogan. Il avait posé sa casquette sur la table, ainsi que son foulard noir. Catherine lui avait toujours dépeint les hommes comme des monstres. Elle pensa que celui-là au contraire la défendrait si quelqu'un parmi cette faune se risquait à des privautés.

« Ton père m'a fait promettre de te ramener à 6 heures », dit Fernande de mauvaise grâce en s'adressant à sa jeune protégée.

Ange se mit en travers :

« Permettez, mam'selle Fernande, je suis capable d'accompagner Louise !

– Après tout, vous serez un excellent cicérone. »

Louise dissimula une envie de rire en constatant l'ignorance du jeune homme.

Ils empruntèrent un raccourci par un chemin longeant une vigne abandonnée dont les ceps portaient quelques grains noircis. On avait oublié un épouvantail sur lequel une pie était perchée. Ils passèrent devant un jardin plein d'herbes folles où combattaient encore pour la vie des tulipes d'un rouge sang. À l'abri d'une cabane à la porte cadenassée, Ange enveloppa Louise et la couvrit de baisers. Sans hâte, il libéra deux ou trois boutons du corsage et posa sa tête sur sa gorge. Elle fit mine de le repousser mais défaillait de respirer ce parfum de violette dont il avait lustré ses cheveux, et la moiteur de sa peau après l'effort de la danse.

Elle aurait succombé, si une vache en folie n'avait dévalé la pente, un garçon de ferme à ses trousses leur criant : « Arrêtez-la, arrêtez-la ! » Ils se plaquèrent tous deux contre les planches de la cabane, peu désireux de jouer les toréadors. L'incident suffit à interrompre cette parade d'amour qu'Ange s'apprêta à poursuivre. Elle s'éloigna de lui, rajusta ses cheveux et son corsage. Lui, paraissait furieux. Il lui lança :

« Pour une fille qui travaille aux Allumettes, tu as le don d'éteindre la flamme ! Tu es bien une petite bourgeoise à principes ! »

Cette colère soudaine la laissa sans voix, de grosses larmes roulant sur ses joues. Il reprit :

« Sur la barrière, les jolies mômes ne manquent pas. Tu n'es pas de chez nous. On n'est pas du genre à faire la cour pendant six mois. Adios ! »

Elle n'avait jamais été si humiliée... Fernande l'ayant abandonnée, elle essuya son visage inondé avec le bas de sa jupe et sans un mot amorça la descente, les talons des bottines inadéquates avec les obstacles du sentier. Au spectacle de sa fragilité et de son abattement, il eut conscience de sa colère injustifiée. C'est vrai que les mômes d'ici étaient différentes, mais pas à leur avantage ! Il l'appela. Elle ne se retourna pas.

« Attends-moi Louise, je t'en prie ! »

Il la devança et, écartant les bras, la reçut contre lui. Pour la première fois il demanda pardon à quelqu'un avec tant de regret et de sincérité qu'elle se blottit dans cette chaleur comme un petit animal. En quelques secondes elle se promit d'appartenir à cet homme coûte que coûte, mais ne lui fit pas part de sa décision. Emplie du bonheur d'être ensemble après l'orage, ils n'aperçurent même pas que la campagne, loin d'être bucolique, se chargeait de tas d'immondices aux abords de la ville.

« Viens jusqu'au café, tu verras mes parents.

– Tu crois qu'ils apprécieront que tu leur présentes un mauvais garçon ?

– Autant qu'ils te connaissent dès maintenant. Tu plairas à mon grand-père, j'en suis sûre !

– Je préfère plaire à la petite fille. »

Il fallait que Louise fut furieusement amoureuse pour oser franchir le seuil de la boutique accompagnée d'Ange. Elle le trouvait sublime. Catherine et Henri, justement désœuvrés en cette fin d'après-midi dominicale, eurent un sursaut derrière leur comptoir à contempler cette arrivée. Pépère Joseph, pourtant absorbé dans une partie de dominos avec des clients, tourna son regard vers la porte en voyant l'air ahuri des patrons… Louise, qui savait que l'attaque est la meilleure façon de se sortir d'une situation embarrassante, lança :

« Pourquoi me regardez-vous comme cela ? Je ne suis pas en retard !

– Et Fernande ? Tu l'as perdue en cours de route ? questionna Henri feignant d'ignorer la présence du garçon.

– Elle est restée à s'amuser. Elle n'est pas tenue par l'heure, elle. »

Ange, qui ne tenait pas à s'immiscer dans une scène de famille et qui n'attendait rien de ces gens-là – si ce n'est un coup à boire – exerça une pression sur la main de Louise et s'esquiva en mâchonnant un « Bonsoir m'sieurs-dames ».

Le paternel fit le tour du comptoir et secoua sa fille par les épaules.

« Tu ne vas pas me dire que tu as passé ton temps avec cet individu ?

– Mais il est très gentil, je t'assure papa… plaida Louise.

– Mon Dieu, mon Dieu ! se mit à gémir Catherine en se tordant les mains.

– Je ne vous comprends pas. Qu'est-ce que vous lui reprochez ?

– Petite dinde ! Je te reproche de fréquenter la pègre et le plus beau, de ne pas te rendre compte de ce qu'*ils* sont capables de faire, ces gens-là ! »

Les clients, ravis de cet intermède, avaient suspendu leurs gestes pour n'en pas perdre une miette. Louise, habituée à filer doux sous les foudres du paternel, se sentit envahie d'une force nouvelle dont le ton pétrifia tout le monde :

« Comment peux-tu juger quelqu'un sur sa simple apparence ? À ce comptoir, n'acceptes-tu pas de servir des coureurs de jupons, des ivrognes et des mal embouchés ? »

Catherine, horrifiée par la tournure des choses, dit avec douceur en poussant sa fille : « Viens dans la salle à manger », puis s'adressant à son mari : « Arrête Henri, nous nous donnons en spectacle… »

Louise dépassa la salle à manger, puis la cuisine, ouvrit la porte de la cour et frappa chez M. de Terrande pour faire éclater son chagrin dans le giron de la vieille dame. Celle-ci l'écouta avec patience et bienveillance mais tâcha de la raisonner.

« Il a les réflexes d'un bon père, ma chère petite. Il connaît tous les dangers d'une mauvaise fréquentation. C'est parce qu'il t'aime qu'il veut te protéger. Ne lui en veux pas. Sans être indiscrète, je pensais que tu fréquentais un gentil garçon. Ta maman n'avait pas l'air de désapprouver ?

– Vous parlez de Jules ? Oui, vous avez raison, c'est un gentil garçon, mais j'ai passé l'âge de jouer à la poupée, madame de Terrande.

– Pour te parler avec franchise, je ne suis pas sûre que ce soit dans un bal sur les fortifications que tu rencontreras l'âme sœur… Tu n'es pas faite pour ce monde-là, réfléchis. »

La jeune fille, toute larme séchée, embrassa la vieille dame. Anselme de Terrande, sans un mot, lui ouvrit la porte. Elle lut dans son regard sa désapprobation et sa désillusion. La princesse du tableau s'était évaporée dans ses voiles.

Elle monta directement à sa chambre, où elle s'enferma. Par le carreau de la fenêtre, elle aperçut Jules qui fumait une cigarette, assis en tailleur au pied d'un marronnier.

Trois hommes amoureux d'elle, c'était trop. Devant son miroir, elle s'amusa à défaire son catogan et s'appliqua à tresser ses nattes.

XVI

Un clou chasse l'autre

APRÈS SA SORTIE INTEMPESTIVE, Henri sentit qu'il avait perdu la face. Il alla s'attabler aux côtés de M. Pinson qui avait pris l'habitude de jouer aux échecs chaque dimanche avec le bedeau, libéré à la sortie des vêpres. Les deux partenaires – on pourrait dire antagonistes puisque M. Pinson était libre penseur – terminèrent la partie sans prononcer une parole. Ce silence permit à Henri de calmer sa colère et de capter quelques règles du jeu.

M. Pinson, satisfait d'être le gagnant, se tourna vers Henri :

« Cher ami... Vous permettez que je vous appelle ainsi ? Mon cher ami, je vous donne raison.

Mademoiselle Louise n'était en bonne compagnie. Il vaut mieux tuer la maladie dans l'œuf, dit-il sentencieusement.

– Vous pensez comme moi », dit Henri.

Il appela Catherine :

« Apporte-nous trois gentianes s'il te plaît. »

M. Pinson expliqua :

« Les apaches sont des hors-la-loi, forcément dangereux parce qu'ils ne travaillent pas. Vous ne les voyez pas le jour, mais la nuit vous n'avez pas intérêt à vous promener aux barrières de Pantin ! »

Le bedeau but sa gentiane d'un coup sec et prit la parole :

« Vous serez étonnés de savoir que M. le curé est appelé parfois là-bas pour donner l'extrême-onction…

– Lorsque quelqu'un a reçu un coup de surin ? nargua Henri.

– Non. Certains sont chrétiens, font ondoyer leurs enfants, affirma le bedeau.

– Vous confondez les apaches avec les gitans. Ce qui est plus grave, reprit M. Pinson, c'est qu'actuellement la pègre a changé d'aspect. Les apaches disparaissent au profit du milieu. Ah ! mon cher Henri, ce serait bien autre chose si votre fille fréquentait un homme du milieu ! Là, il y aurait de quoi frémir… »

Bien rare lorsque Henri n'était pas au courant de quelque chose.

« Qu'est-ce qu'ils ont, les gars du milieu ?

– Tous les vices, mon cher. Ils sont habillés comme des milords avec un chic qu'ils confondent avec l'élégance, ils prostituent les femmes, trucident les gêneurs sans impunité. J'irai jusqu'à dire : nous regretterons nos apaches.

– En somme je devrais être content des fréquentations de ma fille », conclut Henri en se grattant la tête. Il ajouta en souriant : « Je vous envie, messieurs, de ne pas avoir d'enfant ! »

Cette journée de lundi sembla pour Louise une éternité. Elle s'installa à son poste la première, ayant passé le minimum de temps au vestiaire afin de ne pas rencontrer Fernande.

« Les filles, vous avez lu dans le hall, le compte-rendu de la réunion des grands patrons ? lança la grosse Julie. Le programme prévu pour 1914 : fabriquer 23 milliards d'allumettes dans l'année ! On peut se mettre au boulot !

– Parfaitement, j'allais justement vous le dire, explosa la contremaîtresse. Vous serez de balayage ce soir, Julie ! Louise, vous ne serez pas de service. »

Quelle chance ! Elle pourrait disposer d'une demi-heure. Un peu juste pour voir Ange et lui dire combien elle était navrée de l'accueil qu'on leur avait réservé au café. L'impatience lui fit changer d'avis : elle tenterait de le rencontrer en se privant de déjeuner. Les « copines » se partagèrent une énorme part de tarte à l'oignon confectionnée par pépère Joseph.

Elle courut comme une folle, prit le tramway et grimpa cet escalier façonné par le ruissellement des pluies et renforcé par des débris de vaisselle. En compagnie de Fernande, elle n'avait pas mesuré à ce point combien étaient misérables les baraques, cette cour où pourrissait une vieille charrette et ce chien galeux au cou râpé par une chaîne de forçat. La vie commençait là. Elle interpella une femme étendant sa lessive dans un jardinet pour savoir si elle connaissait Ange. La demande la fit sourire. Bien sûr qu'elle connaissait Ange ! Elle le trouverait sur le chantier de la casse avec les frères Triboulet.

Louise remercia, dérangée par le sourire édenté de cette femme encore jeune, usée par les maternités : un bébé jouant à ses pieds avec des pinces à linge, tandis que trois garnements grimpés dans un cerisier se faisaient un jeu de manger les fruits sur l'arbre.

Le chantier ? Il se voyait de loin ; des monceaux de bric-à-brac rappelaient les terrils qu'elle avait vus en image. Des gars frappaient, démantelaient, triaient dans ce cimetière des objets insolites. Ange, torse nu, s'excitait à arracher une tuyauterie en plomb d'une baignoire cabossée en zinc. Les Triboulet, qui avaient aperçu la jeune fille les premiers, sifflèrent dans leurs doigts. Le son strident fit se retourner le garçon. « Louise ! Qu'est-ce que tu fais là ? Quelle bonne surprise ! » Un large sourire découvrit ses dents d'autant plus blanches qu'il semblait s'être roulé dans le charbon. À grandes enjambées, il escalada un vieux vélo, un buffet éventré, et se planta devant Louise : « Tu es belle comme un cœur et moi je ne suis pas à prendre avec des pincettes… Je vous laisse, les gars ! »

Elle découvrit seulement un jeune garçon, qu'elle reconnut. C'était Ernest qu'elle avait vu grandir sur la place, qui préférait le sirop de la rue à l'école. Ernest qui pourvoyait le brocanteur, en échange de quelques sous qui lui évitaient une rossée à la maison. Il délaissa son travail, qui consistait à récupérer des sonnettes de bicyclette, des réveille-matin et des boutons de porte en faïence qu'il alignait sur de vieux journaux, pour venir la saluer. Elle lui ébouriffa la tignasse, bien que ce soit déjà fait.

« C'est ici que tu déniches tes trésors ? Pas un mot sur mon passage. Tu n'en parles à personne… Je peux compter sur toi ? »

Le gamin lui fit un coup d'œil. Voilà qu'elle avait un complice ! Ils firent quelques pas sous des arbres où chantaient des merles.

« Je voulais te revoir, Ange. Tu avais l'air fâché l'autre soir. »

Elle posa une main sur son bras.

« Écoute, je me fiche de l'avis de mes parents, je fréquente qui je veux… »

En disant cela elle tapa du pied, ce qui fit sauter ses nattes.

« Eh bien ! Tu as mangé du lion ? lui dit-il en riant.

– Je n'ai pas déjeuné du tout pour te voir.

– Viens chez moi, on fera une dînette ?

– Je dois repartir à la fabrique.

– Fernande m'a dit où tu travaillais. En somme tu enrichis l'État ? On t'appelle l'Alsacienne là-bas. Tu vois que je m'intéresse à toi… »

Il l'attira contre lui et l'embrassa sauvagement. Elle entoura de ses bras ce corps vigoureux où les muscles jouaient comme ceux d'une statue grecque. Mais il n'avait pas la froideur d'un marbre antique. Sa chaleur lui donna le vertige. La médaille religieuse qu'il portait au bout d'une chaîne fut-elle un garde-fou ? Consciente de perdre la tête… et peut-être sa place aux Allumettes, elle le supplia de la laisser partir.

– Tu es encore une petite fille, mais tu me plais comme ça. On se revoit lorsque les merles auront mangé toutes les cerises ? ironisa-t-il.

– Je ferai tout mon possible pour te rejoindre dimanche à *La Guinchette*. »

Elle amorçait déjà la descente sous le regard amusé du garçon, lorsqu'elle revint vers lui.

– En attendant dimanche, où travailles-tu ? Je pense que tu fais autre chose que de récupérer des tuyaux ?

– Je t'expliquerai plus tard. Au revoir, ma petite Lorraine !

– Ah non ! Nous autres, Alsaciens et Lorrains, ne faisons pas bon ménage, tu sais…

– Quand vous taperez sur les « boches », il faudra bien !

– Ce n'est pas pour demain !

Si son échappée fit courir des bruits dans l'atelier, elle passa inaperçue au café. Seul pépère Joseph, qui avait le don de lire dans les pensées, embrassa Louise en disant que les oiseaux volaient à grands battements d'ailes dans un ciel sans nuage. Catherine fit remarquer à son beau-père qu'il perdait son temps à parler par énigme, puisque personne ne le comprenait.

À son arrivée dans la cour de la fabrique, Louise fut étonnée de voir un groupe d'hommes discutant sans se soucier de la cloche qui intimait l'ordre de se mettre au travail avec cette intensité qui était déjà un reproche. Un instant, elle craignit d'être le sujet de conversation. Se promener sur les fortifs avait tellement l'air d'être une abomination… En s'approchant, elle comprit qu'ils parlaient du travail à la chaîne instauré dans les usines Ford aux États-Unis. Comme si l'événement le touchait déjà, Gaston menaça :

« Si leur invention traversait l'océan, on ne serait tout de même pas assez bêtes, les gars, pour aller pisser au coup de sifflet ! »

Encouragé par les ricanements, il continua :

« On se plaint déjà des cadences qu'on nous inflige… Il faut reconnaître que certains contremaîtres sont chics, mais va donc discuter avec une machine, tu ne peux même pas te gratter le nez ! »

Il déclencha des rires mais l'apparition de Victor agitant ses bras en haut de l'escalier leur fit réaliser qu'on n'était pas à l'heure d'un meeting.

La semaine se passa sans incident. Louise reprit l'habitude de rentrer avec ses deux amies. Au passage du canal, elle ressentait toutefois un pincement au cœur en pensant à Jules. Elle était étonnée qu'il ait renoncé à elle si facilement ; un peu vexée d'imaginer qu'elle pouvait être remplacée. Ce soir-là, elles descendirent toutes trois sur la berge et s'assirent dans l'herbe qui avait poussé depuis sa dernière halte avec Jules. Contre la palissade de l'éclusier croissaient des roses trémières. Celui-ci, abandonnant sa récolte de haricots, sortit de son jardin pour rejoindre les jeunes filles. « Il n'est pas revenu, l'amoureux ? » Rougissante, Louise fit non de la tête. « Un de perdu, dix de retrouvés. Facile pour une belle fille ! » Il siffla son chien.

Elles s'amusaient à regarder deux gosses qui récupéraient une balance où s'agitaient des écrevisses.

« Ils ne sont pas dégoûtés ! s'exclama l'éclusier. Il y a quelques jours, les pompiers ont repêché un pauvre gars qui flottait là, de l'endroit où je vous parle ! »

Ensemble, les filles s'exclamèrent :

« Mon Dieu, quelle horreur !

– Hélas, ce n'est pas le premier… Le canal montre tous les aspects de la vie. On voit des pêcheurs insouciants, heureux d'un passe-temps bon marché ; des péniches, avec des gosses qui jouent sur le pont et de jolies batelières qui arrosent leurs géraniums. Certaines vous font signe avec la main, ça c'est le bonheur. Mais il y a des vieux qui traînent leur solitude le dimanche au long des berges, et des désespérés qui noient leurs problèmes. Des ronds dans l'eau, c'est peut-être pour eux la porte du paradis.

Les filles impressionnées se regardèrent en pensant : « Il n'est pas drôle, le bonhomme, avec ses histoires. » Elles le saluèrent et se mêlèrent à la foule des sorties d'usine qui pressait le pas sur le pont. Malgré la douceur de la soirée, Louise sentit un grand froid l'envahir. « Et si le noyé, c'était Jules… » En fin de semaine, l'angoisse ne la taraudait plus. Elle se raisonnait. On aurait parlé de « la chose » à la fabrique ou au café… Le dimanche matin elle n'y pensa plus, occupée à inventer des stratagèmes pour aller danser. La veille, les dirigeants du club de football assidus à la réunion hebdomadaire tenue à la boutique, insistèrent afin qu'Henri assiste au match. « Tu seras dans la tribune d'honneur, avec M. le Maire ! » Henri dit son impossibilité de s'absenter un dimanche après-midi. Pépère Joseph s'invita lui-même.

« Mais oui, papa. Tu me remplaceras et s'ils remportent la coupe on te laissera l'honneur de la placer sur l'étagère derrière le comptoir.

Louise eut chaud ! L'acceptation du père, c'eut été l'obligation de rester au café. Fernande eut le culot de se présenter pour venir chercher Louise. Henri monta tout de suite sur ses grands chevaux.

« Comment vous faire confiance ? Vous me faites ramener ma fille par un ostrogot ! »

Louise ne proféra aucune parole. Fernande avait fait ses preuves : c'était une sacrée menteuse, mais là elle déborda d'imagination et d'une telle persuasion que le bon père tomba dans le panneau.

« Attention, mesdemoiselles, je ne serai pas aussi complaisant si cette sauterie tourne au carnaval ! »

Puisque sa fille avait la bénédiction paternelle, Catherine bouscula son beau-père.

« N'oubliez pas votre canotier, papa. N'allez pas m'attraper une insolation sur le stade !

– Je serai dans la tribune, forcément à l'ombre.

– Détrompez-vous ! Cela dépend de la position du soleil. Et surveillez bien Jacquot ! »

Comme il la connaissait, il s'esquiva sans répondre. Elle était bien gentille sa belle-fille, mais une sorte de jalousie la piquait lorsqu'une personne de la smala osait prendre du bon temps tandis qu'elle devait rester des heures au comptoir. Quel métier ! Parfois, elle faisait part à Henri de son trop-plein de patience :

« Si nous prenions un magasin de nouveautés, je serais tellement à mon aise...

– Moi aussi. Je vendrais des caleçons et des dentelles... »

Apercevant une larme perlée dans l'œil de sa femme, il ajoutait : « Nous allons envisager autre chose. » En vérité il n'en pensait pas un mot mais gagnait du temps. La chaleur de ces premiers jours de juillet vit affluer beaucoup de promeneurs. On dut sortir les chaises de salle à manger pour agrandir la terrasse. Heureusement, pépère avait préparé plusieurs siphons mais Henri craignit d'être en panne de glace et de canettes de bière. Il fallait même songer à remplir d'eau une cuvette pour les chiens, qui s'écroulaient en tirant une langue longue comme ça !

On n'oubliait pas M. de Terrande. Il viendrait peut-être goûter avec sa mère vers cinq heures. Son apparence vestimentaire, faisant oublier le veston râpé, dénotait un changement de situation. Son prix au Salon l'ayant fait remarquer, il se rendait parfois à Paris au domicile d'un monsieur en vue, ou d'une jeune personne lancée dans le monde. Catherine raffolait des comptes-rendus qu'il narrait avec esprit et gaieté, sans une ombre de critique. Louise était agacée de le voir grimper dans une voiture et d'imaginer les soins qu'il prendrait à arranger les boucles d'une « mijaurée » ! Bien sûr elle n'attendait pas, chez Jules avec ses avancées maladroites, ou la brutalité sensuelle de son Ange diabolique, cette délicatesse dont faisait preuve le peintre lorsqu'il inclinait un visage ou découvrait une épaule.

XVII

Un geste désespéré

LA PERMISSION ARRACHÉE, Louise et Fernande montèrent sur les fortifs. L'Alsacienne n'était plus une étrangère. Connaître Ange tenait lieu de carte de visite. Elle aperçut, devant une bicoque, les deux gars qui faisaient du tri à la décharge, occupés à récupérer des carreaux de faïence qui tenteraient leur chance pour une seconde vie au marché aux puces.

La musique du bal lui parvint aux oreilles. Son air guilleret cachait la misère de ce qui l'entourait. Peut-être la jeune fille, qui avait le privilège de posséder une chambre pour elle seule, s'imaginait plus de souffrance que les intéressés qui prenaient leur parti d'être les oubliés de la société…

« Je sais que tu as revu Ange, lui dit Fernande. Merci pour ta confiance.

– Comment l'as-tu appris ? s'épouvanta Louise.

– Ernest a lâché le morceau à Jules. C'est un vrai titi, Ernest. Il ne colporte pas pour faire des histoires mais il admire Jules, et comme il devait surveiller tes allées et venues à sa place… »

Louise ne la laissa pas finir. Elle éclata :

« Tu trouves qu'Ernest est un titi, moi j'appelle cela un mouchard ! Ainsi je ne suis pas libre de mes mouvements ? On fait sans doute des paris sur moi au café ?

– Ne te fâche pas. Tu peux avouer que tu es pincée pour Ange.

– J'aime beaucoup l'expression. Laisse-moi tranquille, je l'aperçois. »

Les propos de sa collègue de travail – car elle ne l'avait jamais considérée comme une amie – loin de la faire revenir au bercail, la jeta dans cette nouvelle aventure avec frénésie. Tout comme l'autre dimanche, les couples s'agglutinaient autour de la piste. Ange était entouré de filles trop fardées à l'air provocant, comme elle en avait vues sur les couvertures de chansons proposées par les musiciens ambulants, les jours de marché. Il lui sourit mais ne vint pas au-devant d'elle. L'Alsacienne, blessée dans son amour-propre, eut toutefois le courage de ne pas s'humilier en s'approchant. Elle le laissa quelques minutes faire son joli cœur et accepta de danser une polka piquée avec un jeune garçon dont le chien, couché sous la table, s'apprêta à entrer lui aussi dans la danse. À deux reprises, l'animal récidiva, ce qui fit rire le couple de joyeuse humeur. Ange n'attendit pas la fin du morceau pour attraper Louise par le bras. « Tu vois bien que je danse, attends la fin de la musique ! » Elle termina la polka pour le mettre à l'épreuve. À la dernière mesure il s'intercala entre les deux jeunes gens pour faire sauter Louise, signifiant ainsi qu'il ne fallait pas marcher sur ses brisées.

Il lui apprit la matchiche[1] et l'entraîna à chanter avec les autres. Elle ne connaissait pas cette danse sautillante où son partenaire plaquait son corps avec une main robuste comme un battoir, d'un geste qui lui coupait presque la respiration. Malgré la surprise elle s'amusait de ce monde étrange, si loin de son entourage habituel.

La fréquentation de la piste leur fit perdre leur table. « On va se mettre à l'intérieur », décida Ange. Ils n'étaient pas les seuls à y avoir pensé. Le bar était bruyant, enfumé et ressemblait à un tripot avec des joueurs qui maniaient des jetons et des mots d'argot dont la mode n'avait pas encore atteint le comptoir d'Henri. Elle aperçut même deux hommes qui examinaient un couteau étrange…

« J'ai du cidre chez moi, on va laisser là ces "emplumés" ».

---

1. Danse d'origine brésilienne en vogue au début du XXe siècle.

Avant d'atteindre la porte de la baraque, ils traversèrent un jardin qui aurait fait le désespoir du compositeur Méhul. Contre le mur de la maison, lézardé par endroits, s'appuyaient une dizaine de vélos qu'il prétendit avoir à réparer. Cette soudaine profession et l'embarras du garçon firent soupçonner à Louise qu'il s'agissait de bicyclettes volées.

Dans un angle de la pièce, sur un lit défait, un homme s'étirait, visiblement réveillé par leur irruption. « Allez ! Dégage ! » lui lança Ange. L'individu qui vivait sans doute ici comme un parasite et n'avait pas l'habitude d'être câliné, se coiffa de sa casquette et sortit sans dire un mot. Ange débarrassa un fauteuil d'un paquet de hardes pour permettre à Louise de s'asseoir, et s'apprêta à déboucher une bouteille de cidre. Elle resta immobile, stupéfaite du désordre de la pièce et de la tournure des choses. Il comprit sa résistance. « Tu ne veux pas t'asseoir, la belle Lorraine ? Tu as raison, on est mieux couché ! » D'un geste rapide il posa la bouteille sur l'évier, attrapa la jeune fille par la taille et lutta avec elle pour la pousser vers le lit sur lequel il la jeta. « Ce sont des monstres ! » avait prévenu la mère. Avait-elle raison ? Soudain elle eut horreur de ce parfum de violette, des crans brillantinés et des yeux de velours. La peur aurait pu lui faire perdre ses moyens. Il n'en fut rien malgré la douleur due au tiraillement de ses cheveux qu'il immobilisait sur l'oreiller. Elle employa ses poings, ses ongles, pour se dégager. Il la lâcha lorsqu'elle lui mordit le gras du bras. « Tu es complètement folle ! Je connais des filles qui me supplieraient à genoux pour avoir seulement un baiser. À genoux tu m'entends ? Tu es pourtant amoureuse comme une chatte… Qu'est-ce qui t'a pris ? Tu regretteras. Je te prédis que tu ME regretteras… » Son ton péremptoire l'impressionna. Elle le regarda une dernière fois, car la colère le rendait encore plus séduisant avec la chemise en désordre et les cheveux en bataille. Il s'était statufié devant la porte ouverte. Allait-il bondir comme un tigre ? Prestement, elle récupéra son petit sac et tenant son canotier à la main courut sans se retourner hors de « la zone » où elle s'était fourvoyée. Elle comprit pourquoi on appelait ce territoire « la barrière ». Ce monde n'était pas pour elle. Elle était venue par effraction chez les zonards, les déguerpis, les apaches. Elle s'était poignardée elle-même de son bel amour.

Loin de penser à Fernande, elle revint seule en tramway jusqu'à la place de l'Église. Malgré l'ordre qu'elle remit à sa coiffure et sa tenue, elle constata une longue déchirure à sa robe qu'elle eut du mal à dissimuler. Elle n'était pas en retard, mais elle sentait à l'évidence que son émotion passée se lisait encore sur son visage. Quelle ne fut pas sa surprise d'apercevoir Jules attablé devant une absinthe comme un client ordinaire. Henri détachait du bloc de glace sorti du rafraîchissoir des glaçons qui éclataient en gerbe d'étincelles.

La jeune fille s'immobilisa dans l'encadrement de la porte ouverte. Quoiqu'elle ne fit aucun bruit, les clients tournèrent la tête vers cette apparition qui sentait le drame. Jules se leva si promptement qu'il renversa sa chaise. Il se planta devant la jeune fille livide qu'on aurait cru sortie de l'eau.

« Tu te conduis comme une fille ! Je t'ai vue sur les fortifs avec ton métèque. J'étais là-haut… »

Catherine poussa un cri de douleur et Henri, soudain pourpre, jeta avec rage les glaçons et le pic sur le comptoir. Il n'eut pas le temps de faire éclater sa colère car Jules le devança :

« Il t'a envoûtée ce type. C'est lui qui a déchiré ta robe ? »

Terrorisée, Louise ne bougeait pas, rassemblant machinalement les déchirures de sa robe. Ivre de rage et de douleur, Jules se saisit du pic à glace et se rua vers le mur du fond, bousculant les tables et les clients. Face au portrait de Louise il regarda un instant avec intensité ce visage qu'il avait adoré et planta le pic en plein milieu du visage. Il transperça les beaux yeux bleus, ce front sur lequel il aimait poser ses lèvres avec ferveur. Il écartela la toile, donna un coup désespéré dans la gorge de la jeune fille. Il sembla un instant que seul le collier aux perles irisées hésitait à céder aux lacérations.

Un client cria : « Arrêtez-le, il est fou ! » Deux autres lui sautèrent sur le dos et lui paralysèrent les bras. Catherine, dont le cœur faillit jaillir de sa poitrine, vacilla dans les bras de M. Pinson. Henri, immobilisé derrière le comptoir, ordonna en ouvrant la trappe de la cave : « On va le mettre au frais là-dedans en attendant les gendarmes ! » Jules fut ceinturé et descendu entre les tonneaux de vin et de choucroute. Il ne résista pas, se prêta aux gifles et aux coups de pied.

Don Quichotte partit en courant à la police, laissant Henri sans réaction. Il s'était assis la tête entre les mains en murmurant : « Ce n'est pas possible, pas possible… »

Pleurait-il la perte du tableau saccagé ou la déchéance de sa fille ? Celle-ci avait disparu. La mère, qui avait ouvert les yeux, s'écria : « Elle est partie… Allez vite au canal, je vous en prie ! » L'ancien ouvrier de la cristallerie, qui avait les jambes de ses vingt ans, se précipita dehors. « J'y vais, madame Catherine. Ne vous mettez pas dans ces états… »

C'est dans cette ambiance de Grand-Guignol que pépère Joseph et Jacquot revinrent du match de football, sidérés tous deux par l'accès de folie du pauvre garçon et par ce qui restait du portrait : les lambeaux de toile laissaient apercevoir sur le mur l'inscription : SUZE.

Pour ne pas expliquer à pépère Joseph, devant l'enfant, la conduite de Louise justifiant cet autodafé, on l'expédia chez M. de Terrande.

« Tu lui dis de venir au café. N'en dis pas plus ! » lui ordonna Henri en se frictionnant le crâne des deux mains. « Ah quel malheur ! »

Ils furent cinq ou six à écouter, l'oreille collée contre la trappe, d'éventuels bruits provenant de la cave. « Il a peut-être mis fin à ses jours ? » suggéra un client. « À moins qu'il se soit offert une bonne cuite », osa plaisanter Ficelle.

Jacquot n'ayant pu tenir sa langue avait averti le peintre du désastre, sans en savoir la cause. Ils arrivèrent tous deux par la cuisine, se tenant par la main. « Voyez le gâchis, mon pauvre ami... » se lamenta Henri.

« Ce n'est pas si terrible. Je vous le referai ce portrait. Encore plus beau qu'avant », le consola le peintre.

– Si on retrouve la petite ! sanglota Catherine.

– Elle est avec ma mère, la rassura-t-il. Mais son état est bien plus grave que celui du tableau. »

Il fallut écarter la foule de badauds massés devant le café afin que les deux gendarmes puissent pénétrer dans la salle. Ils constatèrent les dégâts au premier coup d'œil. « Eh bien ! Il n'en a pas laissé une miette... Où est le malfaiteur ?

– Dans la cave ! » répondirent ensemble plusieurs personnes.

Henri, se gardant bien d'étaler en public le motif de cet accès de folie de l'amoureux concernant sa fille, précisa aux gendarmes qu'il s'agissait d'un tableau ayant reçu le prix de la Ville de Paris.

« Voilà un détail qui rend notre affaire très intéressante. Dégradation d'une œuvre d'art ! Cela va chercher loin… Ouvrez-nous cette trappe, patron, qu'on délivre ce lascar. »

Ils le trouvèrent prostré à même la terre, couché sur le ventre. Jules ne fit aucune difficulté pour se faire hisser sur le carrelage du café. D'un coup de pied dans les reins, on l'obligea à se tenir debout, dans un grand silence.

Louise, qui s'était réfugiée pour pleurer dans sa chambre, aperçut par sa fenêtre Jules encadré des deux gendarmes, prêt à être poussé dans le fourgon de la voiture. Elle hurla : « Laissez-le ! Ne lui faites pas de mal, c'est ma faute… ! Attendez, je vous supplie… »

La voiture démarrant à la manivelle, elle eut le temps de descendre et de taper de ses poings sur le véhicule.

« Permettez, mademoiselle. On doit faire notre travail », dit le gendarme au volant, bien décidé à passer outre les caprices de cette fille. Elle approcha son visage de la fenêtre grillagée derrière laquelle Jules la fixait d'un regard douloureux et désespéré. Ces yeux noyés de larmes, elle se rappela en une fraction de seconde les avoir déjà vus à l'église dans le tableau du *Christ aux outrages*. La voiture démarra dans une grande secousse. Le garçon leva une main au niveau de son visage et lui fit un signe amical en agitant ses doigts. Elle lui cria : « Je t'aime ! Jules, je t'aime... ! » Puis elle perdit connaissance.

Les cris provenant du café, la présence du « panier à salade » avaient déjà alerté les commères aux fenêtres. Les enfants qui jouaient sur la place, ainsi que les braves gens prenant le frais devant leur porte, tous convergèrent sur ce morceau de trottoir où gisait Louise.

L'unijambiste qui avait été autrefois ambulancier fit reculer la foule, désignant Lulu pour porter la jeune fille dans la salle. On rapprocha deux tables pour l'allonger. Catherine lui bassina le front avec un torchon mouillé tandis qu'Henri lui tapotait les mains. Elle ouvrit les yeux, surprise de cette situation les premières secondes, puis la mémoire recouvrée tendit les mains vers pépère Joseph en larmes.

« Mon petit cœur, on va monter tous les deux là-haut, écartez-vous messieurs-dames. »

Après leur départ, Henri décrocha les vestiges du tableau, les fourra dans un sac et l'abandonna dans le couloir près des poubelles. Lorsqu'il revint dans la salle il fut impérial : « J'offre une tournée générale pour oublier l'incident ! » Certains murmurèrent qu'il avait du courage, d'autres se promettaient d'en savoir plus une fois dehors.

En cette fin d'après-midi dominicale, M. le curé jouait aux échecs avec M. Pinson au moment du drame, Catherine leur permettant parfois de s'isoler tous deux dans la salle à manger. Seul, M. le curé y retourna pour ranger le jeu et provoqua les confidences de la pauvre mère avec discrétion. Il se mit à son service pour y voir clair. Quant à M. Pinson, prêt à quitter l'établissement, il se ravisa en acceptant la générosité du patron. Il dit tout haut ce que chacun pensait tout bas :

« Tout est relatif, mes chers amis. Chacun a des soucis, mais ce qui est le plus grave, écoutez bien : après cette deuxième guerre des Balkans, on parle de voter chez nous une loi portant le service militaire de deux à trois ans ! Ce n'est pas bon. Une guerre contre les Allemands est inévitable…

– Vous êtes pessimiste, M. Pinson, lui reprocha un client.

– Il y a des milliers de jeunes qui n'attendent que ça : en découdre pour que la France retrouve l'Alsace et la Lorraine ! énonça M. Elophe Hermann un peu théâtralement. Ce n'est pas vous, M. Pinson, qui me contredirez.

– Vous avez le vin triste, dit Ficelle d'une voix éraillée. Moi je prends une Suze-cassis.

– Elle a raison. Quand on parle des tuiles on les fait arriver. Au bal du 14 Juillet je t'inviterai pour un fox-trot, ma cocotte ! »

La salle de café se vida, ainsi que la terrasse où il faisait frais au départ du soleil. On appela Jacquot, mis à l'écart dans la cour où il jouait aux osselets et aux charades depuis une bonne heure avec P'tit Louis, sous les yeux attendris de Mme de Terrande qui les observait derrière son carreau.

« Rentre fiston, lui demanda Henri. Dis au revoir à ton copain. Tu vas monter pour porter le dîner à ta sœur. Sois gentil avec elle, elle a du chagrin. »

Ce ne fut que le lendemain qu'on parla à Louise. Dès le matin elle avait prévenu pépère Joseph qu'elle n'irait pas aux Allumettes. Henri et Catherine n'avaient guère dormi cette nuit car ils avaient discuté longtemps sur la conduite à tenir après les événements. Ils étaient tombés d'accord sur une décision qu'ils voulaient irrévocable : Louise allait partir chez l'oncle à Strasbourg. À plusieurs reprises, il avait manifesté le désir de recevoir les enfants à défaut des parents, prisonniers de leur profession. Il recevrait Louise…

« Tu vas me laisser lui parler », dit Catherine. Avec toi les explications risquent d'être orageuses, le ton monte et tout est gâché ! »

Jacquot parti à l'école, les hommes occupés avec le livreur de bière et de limonade, Catherine s'arma de courage pour parler à sa fille. Une question lui tordait les entrailles : Était-elle encore une vraie jeune fille ? Louise la rassura, lui raconta tout. Elle ne voulait en aucun cas que l'on parle d'Ange. Plus jamais.

« Maman, Jules ne va pas rester en prison ? Je vous en prie, enlevez votre plainte…

– Tu nous demandes beaucoup, ma petite fille ! Je te propose un marché : nous délivrons ce jeune homme – après tout c'est un brave garçon, son geste était une preuve d'amour – et toi tu acceptes de partir quelques semaines en Alsace. L'été là-bas, ma fille, ce seront de vraies vacances ! Tu emmèneras Jacquot, cela lui évitera de traîner avant de reprendre l'école et pépère sera ravi de revoir sa famille. Au retour, tout sera oublié. »

Les marches de l'escalier craquèrent sous les pas d'Henri, trop anxieux de l'issu de l'entretien. Il aperçut les deux femmes s'embrasser en sanglotant dans les bras l'une de l'autre. Il recula marche à marche précautionneusement et tapant sur l'épaule du conducteur de tramway le questionna : « Dis donc, tu pourrais me donner les heures des trains Paris-Strasbourg ? Demain si tu peux. »

On fit les choses très vite. Louise dut se rendre à contrecœur aux Allumettes pour donner sa démission, ignorant si l'écho du scandale était parvenu jusqu'à la fabrique. Fernande n'était pas discrète. Elle fut envahie d'une grande nostalgie en traversant le pont du canal, en longeant la mairie et ce boulevard bordé de platanes. Ils avaient grandi. Elle aussi. Les arbres conservaient-ils une mémoire ? Comme elle était insouciante et heureuse le jour de l'inauguration du tramway électrique ! Quelle douce sensation la main de ce garçon à peine sorti de l'enfance qui avait frôlé la sienne... Ils s'aimaient, ravis de se retrouver et de se bécoter, peu exigeants. Avait-elle tous les torts envers lui ? Avec Anselme de Terrande, distingué malgré sa pauvreté, talentueux sans orgueil, elle avait pressenti un monde où elle aurait aimé évoluer. Le coup de foudre pour Ange lui avait appris que l'amour pouvait être violent, physique, passager.

La grosse Julie la rattrapa au seuil de l'usine, essoufflée d'avoir couru. Celle-là ne se posait pas tant de problèmes, ronde de partout, comme son panier.

« Tu as été malade, Louison ? On ne t'a pas vue durant trois jours ?

– Oui, très malade. Je pars en Alsace.

– Tu reviens quand ?

– Je ne sais pas, mais je ne travaillerai plus aux Allumettes, Julie. »

Passant la grille, les ouvriers convergeaient vers leurs ateliers respectifs. Ils se saluaient cordialement, contents de se retrouver. Quant aux femmes elles couraient comme toujours, se rattrapant en continuant la conversation de la veille. Camille s'écria : « Tiens ! Voilà l'Alsacienne ! Qu'est-ce qui t'arrive ? T'es bien élégante ! »

Louise sourit sans répondre, mais fit un geste amical de la main. Sa tenue vestimentaire indiquait déjà qu'il se passait quelque chose. Pour se présenter devant la Direction et bien faire comprendre qu'elle ne changerait pas d'avis, qu'elle ne faisait plus partie de la maison, elle avait revêtu sa robe de piqué blanche ceinturée de rouge, dont une douzaine de boutons-boule fermant le bustier faisaient penser à des cerises. Croisant des filles alourdies par le tablier de cuir ou la blouse « cache-poussière », elle sentit palpiter son cœur d'une étonnante liberté. Elle ne porterait plus cet obligatoire bonnet blanc qui les uniformisait. Elle eut presque honte de son charmant canotier d'où s'échappaient ses deux tresses provocantes.

M. le directeur la fit attendre plus d'une heure dans le couloir. Elle héla Victor qui frappait à la porte avec les bras chargés de courrier. « Totor, je vais vous quitter. Je ne vous oublierai jamais. Vous direz aux filles de l'emboîtage que je les embrasse toutes. » Ce disant, elle plaqua un gros baiser sur le visage défiguré. « On te regrettera, ma jolie. » Lorsque Victor sortit du bureau directorial, il lui fit signe d'y entrer à son tour. C'était la première fois, et la dernière, espérait-elle.

« Je ne vous dois pas grand-chose puisque nous retenons vos trois jours d'absence. Le travail, mademoiselle, cela se respecte. Vous avez des façons cavalières de… » Elle n'écoutait plus, pensant au courage de Jules lorsqu'il s'était dévoué pour négocier au nom des ouvriers. Il avait été récompensé par un licenciement. Elle bégaya un « Au revoir monsieur » qui la fit rire par la suite. Au revoir ! Quelle drôle d'idée !

Libre ! Il fallait qu'elle montre son contentement à quelqu'un. Elle caressa le museau velouté de Bijou à l'arrêt, donnant du sabot contre les pavés. Une façon à lui de faire ses adieux.

Il faisait bon marcher sous les platanes. Elle croisa des écoliers en retard pour l'école, un pâtissier portant sur la tête un panier de pains chauds, un homme-sandwich et un vendeur du journal, *Le Charivari*. La vie continuait ; combien de temps serait-elle privée de cette germination pantinoise ?

Puisqu'elle avait accepté l'exil, Jules devait être libéré. Quelques secondes suffirent pour prendre la décision de le trouver, de lui parler, de lui demander pardon. Un jour, il lui avait montré sa maison. Elle pressa le pas jusqu'aux broyeuses d'ordures, celles de toute la population parisienne. Lui et ses parents logeaient au deuxième étage d'un immeuble à la façade ridée. À part un géranium rachitique et la cage d'un serin, on apercevait du linge pendu aux fenêtres, des vieilleries sur le balcon qui n'encombraient plus le petit logement. On lui dit d'entrer, la porte ayant juste besoin d'être poussée : Elle sut qu'il s'agissait de sa mère lorsqu'elle vit ce visage anguleux au regard inquiet. Louise se présenta pour la rassurer : « Je suis une amie de Jules ». La femme esquissa un pauvre sourire et fut prise d'une quinte de toux. Jules apparut dans l'encadrement de la porte qu'on supposait être une chambre. Ils restèrent tous deux immobiles, à se regarder intensément, doutant de la réalité. Ce prénom qui hantait ses jours et ses nuits, il le cria : « Louise ! Ma Louise ! » Elle se jeta dans ses bras. Ils mêlèrent leurs larmes tandis que la mère, impassible, sans doute délivrée du malheur de son fils, reprenait ses ciseaux pour couper sempiternellement des poils de lapin pour faire du feutre.

« Je la raccompagne, maman. Tu avais raison, il y a un bon Dieu, » lui dit-il en l'embrassant sur les cheveux.

– Toi aussi, tu avais raison mon fils, elle est vraiment très jolie… »

Bien sûr ils parlèrent tout au long du chemin, s'arrêtant parfois pour s'embrasser, indifférents à l'opinion des gens qu'ils croisaient. Quelle déception d'apprendre que ce bonheur était éphémère.

« Pourquoi pars-tu en Alsace ? lui demanda-t-il, incrédule.

– Pour calmer les esprits. Tu sais, à nous deux, nous avons fait une véritable révolution au café ! »

Elle ne lui dit pas que ce voyage était une monnaie d'échange pour sa libération.

XVIII

L'exilée

Avant de quitter sa chambre, elle embrassa du regard ce qui avait été son nid. La gorge serrée, elle étreignit sa poupée qui monterait la garde.

Pépère Joseph et Jacquot l'attendaient, debout dans la salle à manger. Ils avaient posé leurs bagages sur la table et pour la centième fois Catherine ouvrait, vérifiait, rajoutait un détail. « Les sandwichs sont là, Papa. Ne cassez pas le thermos. Surtout, promettez-moi : une carte postale à la gare de Strasbourg ! » Pépère disait oui, sans bien écouter. Quelle responsabilité ! Il n'avait pas encore pensé à se réjouir de revoir son beau-frère, les cousins et les cousines dont il avait été si proche toute son enfance et son adolescence, avant 1872. Bien sûr il les avait revus lors de l'enterrement de sa chère épouse, mais là il allait revoir sa maison natale, son pays, et enfin ravir ses oreilles du parler alsacien.

À l'apparition de Louise, qui était si charmante avec son costume de voyage à carreaux et son « bibi » assorti, Catherine fut bouleversée. Sa fille quittait la maison pour plusieurs mois, peut-être définitivement si son cœur s'éprenait là-bas... Finie l'enfance ! Elle appela Henri afin que les effusions se fassent hors de la vue des clients. « Mon petit Jacquot, obéis bien à pépère et à la grand-tante. Dans un mois tu reviens. Ernest et P'tit Louis n'ont pas ta chance d'aller en vacances... » Quant à Henri, il lissait sa petite moustache pour essuyer discrètement des larmes de chagrin. Il avait l'impression de chasser sa propre fille qu'il aimait tant.

Le placier du marché qui possédait une voiture les attendait déjà devant le café. « Hâtez-vous, aux abords de la gare de l'Est, c'est toujours encombré... » Ils traversèrent la boutique. Henri reprit sa place derrière son comptoir en reniflant d'émotion. M. de Terrande était là, à attendre son traditionnel café, mais surtout pour revoir une dernière fois son cher modèle, Louise ayant pourtant fait ses adieux chez lui la veille au soir. Ils ne savaient pas l'un et l'autre qu'ils ne se reverraient jamais...

Jacquot se posant moins de questions avait déjà escaladé le marchepied de la voiture, excité de ces nouveautés. Il embrassa ses parents en grande hâte.

À la gare, pendant que pépère Joseph prenait les billets, Jacquot découvrit avec étonnement la locomotive de leur train. La jeune fille, elle, fut envahie du grand bonheur d'apercevoir Jules sur le quai. Des trois voyageurs il ne vit que son étoile, celle dont la lumière éclairait son existence. Le vieil homme sut être discret. Après que Jules les eut aidés à s'installer avec leurs bagages, il suggéra à Louise de descendre du train faire ses adieux.

Ils promirent de s'écrire souvent. « Ne m'oublie pas, j'en mourrai » jura le garçon. Cette séparation les bouleversait tous les deux. Il serra contre lui ce corps gracile, sa taille flexible qui l'étonnait toujours. Le chef de train siffla, mettant un terme à ce baiser dont ils garderaient le souvenir troublant. Par la vitre du train, elle vit sa silhouette diminuer, puis s'évaporer, dans l'éther des amours d'enfant.

Dans les jours qui suivirent, Jules trouva à se faire embaucher par un maraîcher de Bobigny. Il allait assouvir le rêve de s'occuper de la terre, le travail en plein air qu'il préférait à la fabrication des cigares ! Sa mère fut heureuse de le voir sourire à astiquer la bicyclette oubliée.

L'arrivée à la gare de Strasbourg calma les angoisses du trio voyageur. Ils étaient tous là sur le quai : la tante à frisettes et le neveu en redingote

– il faut honorer son titre lorsqu'on est instituteur – des cousines aux yeux bleu faïence et joues pomme d'Api. Les enfants se laissèrent embrasser, mais Jacquot glissa à sa sœur : « Tu comprends ce qu'ils disent, toi ? » Pèpère reconnu ces maisons à pans de bois et toitures pointues, coloriées comme des jouets.

Il attira l'attention des enfants sur les pignons élancés, le poteau d'angle en bois sculpté, et les hautes fenêtres dont les balcons débordaient de géraniums. Louise n'oublia jamais son émerveillement lorsqu'ils pénétrèrent dans l'immense salon dont les murs étaient recouverts de boiseries. Dans un angle trônait un énorme poêle de faïence. Elle aurait le temps par la suite d'identifier les oiseaux, différents sur chaque carreau, et les images peintes sous le verre de l'horloge. Avant de leur montrer leur chambre, leurs hôtes servirent un vin chaud à la cannelle accompagné de « bredala »[1]. Pour les enfants la tante à frisettes ouvrit un bocal de cerises, sans kirsch, précisa-t-elle.

Pépère Joseph réalisa qu'il avait oublié d'envoyer une carte postale de la gare pour rassurer Catherine et Henri. Infatigable il s'excusa de sortir pour réparer l'oubli. Louise, pas dupe, ne put s'empêcher de rire car elle voyait son grand-père piaffer pour humer l'air de la rue.

---

1. Petits gâteaux alsaciens.

Chaque jour de ce mois d'août fut un festival de découvertes, de surprises, de traditions pleines de gaieté et de couleurs. On les emmena en carriole sur la route des vins pour admirer les collines recouvertes de vignes, dominées parfois d'un château fort qui mettait Jacquot en joie. Un dimanche, ils allèrent en automobile dans les environs de Haguenau où s'étendaient les houblonnières, ces lianes parfumées grimpant contre des perches de dix mètres de hauteur !

Seul point noir, le neveu instituteur prônait à tout bout de champ l'organisation allemande concernant les hôpitaux, l'éducation nationale et l'armée – ce qui faisait bondir pépère – et ne semblait en rien regretter la langue française. « Dans les familles, nous parlons l'alsacien mais dans l'administration notre langue est bien sûr l'allemand. Nous avons eu assez de mal à l'université avec nos examens ! disait-il avec candeur. Pépère s'essuyait le front, serrait les poings pour ne pas l'étrangler. « En être arrivé là ! Il a l'air de s'en accommoder depuis le temps ! Lorsque l'Alsace redeviendra française, il faudra bien qu'il fasse la manœuvre inverse… » grondait-il à Louise en aparté.

Celle-ci rejoignait parfois une cousine et son mari qui possédaient une boulangerie-pâtisserie près de la cathédrale. Au-dessus de la boutique se balançait une enseigne de fer forgé indiquant que le kouglof était la spécialité de la maison.

Après le départ du grand-père et de l'enfant, les choses se firent naturellement. On proposa à Louise, histoire d'occuper son temps et de faire le deuil de ses chagrins d'amour, de servir au salon de thé les après-midi. Riche de son expérience au café, elle excella dans l'art de recevoir ces dames gourmandes qui, renommées bonnes pâtissières chez elles, se délectaient ici pour boire un chocolat et « babiller » entre deux choux à la crème.

Si l'Alsacienne avait tout pour être heureuse de sa nouvelle existence, elle ne pensait pas moins à son cher Jules qu'elle aimait de plus en plus avec l'éloignement. Ils s'écrivaient souvent et Louise s'aperçut qu'il faisait d'énormes progrès pour s'instruire grâce à de bonnes lectures conseillées par un horticulteur devenu un ami. « Il sait autant de choses que ton M. Pinson, me prête des livres et raisonne avec intelligence. Il dit en riant qu'il me cultive comme la plus belle de ses plantes ! Mon salaire permet à maman de ne plus travailler, aussi sa santé s'améliore… Je lui ai parlé de toi. J'ai fait la paix avec ton père et viens quelquefois l'aider à servir le dimanche, ou pour mettre un tonneau en perce. Entouré de tes parents, j'ai un peu l'impression d'être avec toi… »

Il fallut tout un été à Louise pour connaître tous les trésors de la ville de Strasbourg et flâner avec les cousines sur les ponts de la « Petite France ». Puis l'instituteur retourna à l'école, les touristes s'échappèrent sans attendre les vendanges. Vint le tour des cigognes. L'automne incendia la nature de feuillage rouge et or. Louise connaissait maintenant quelques mots d'alsacien. Elle s'était fait des amies et dansait souvent aux bals populaires avec les cousines et un charmant garçon auquel elle ne laissa aucun espoir mais qui était excellent danseur. Sa pensée allait souvent à Pantin vers sa famille, même à la clientèle du café à laquelle elle ne se savait pas si attachée. Combien de temps seraitelle séparée de Jules ? Bien qu'ici tout soit prétexte aux réjouissances, elle n'envisageait pas un exil sans fin.

Avec l'apparition de la neige le paysage se transforma, ainsi que le mode de vie des Strasbourgeois qu'elle apprit vite à adopter. On parla de Noël dès le 1er décembre. Combien elle aurait souhaité voir les yeux ébahis de Jacquot devant les vitrines décorées, les maisons pavoisées, les marchands de vin chaud au coin des rues…

En famille, ils prièrent au pied de la crèche, installée près d'un sapin dont la cime atteignait les poutres du plafond de la salle à manger. À la cuisine les femmes s'enfarinaient à confectionner des tourtes et des « manala »[1] pour les enfants pauvres et les autres. Quant au salon de thé, Louise n'en

1. Petits gâteaux en forme de bonshommes, exclusivement consommés à Noël.

finissait pas de nouer des faveurs et de ranger des petits gâteaux à l'anis dans des cartonnages illustrés de Père-Noël.

Catherine adressa à sa fille une lettre de bons vœux agrémentée d'un chromo représentant des anges musiciens porteurs du message : « Bonne année 1914 ». Elle apprit que M. de Terrande et sa mère avaient trouvé un nouveau logement à Paris. Elle en eut du chagrin. Lors du déménagement, il avait sélectionné quelques dessins à l'intention de Louise. « Tu les découvriras lorsque tu rentreras », ajoutait-elle. Pépère Joseph travaillait comme un forcené à confectionner des terrines pour les festivités.

La jeune fille fêta ses dix-sept ans dans sa famille d'accueil avec une ombre de tristesse en pensant que l'on se faisait facilement une raison de son absence. Ne lui pardonnait-on pas d'avoir été trop jolie ? Elle se remémora les paroles furieuses de son père : « Tu disparais pendant un an ! »

Au printemps les cigognes retrouvèrent leur nid, les maisons s'adornèrent à nouveau de balcons fleuris, et les escapades dans une campagne pleine de promesses la plongea dans une douce euphorie.

Ce soir-là ressemblait à tous les autres. On se mit à table, on déplia sa serviette. L'instituteur, les yeux rivés sur la soupière fumante déclara qu'il avait quelque chose à dire.

L'exilée

« Le monde va mal. L'archiduc François-Ferdinand de Habsbourg a été assassiné à Sarajevo, aujourd'hui, 28 juin… Cet attentat va précipiter l'Europe dans la guerre ! Ma chère Louise, il faut rentrer chez toi. »

XIX

La mobilisation

PUISQUE L'ON POUVAIT COMPTER sur Jules pour seconder Catherine dès la fin d'après-midi au comptoir, ce serait Henri qui viendrait la chercher. Une occasion pour lui d'embrasser sa parenté alsacienne.

Dans les campagnes, les vergers croulaient de fruits, les blés craquaient de soleil et les raisins promettaient, en cet été 1914.

À la gare où la carriole l'attendait, Henri fut ébloui par la beauté de sa fille. Son teint pâle et diaphane, dû au confinement de l'usine et du café, avait pris la couleur et le velouté d'une pêche, et ses nattes dont la longueur témoignait de son absence, tressées avec un ruban de couleur, chantaient un air de fête.

Parmi les dessins légués par M. de Terrande, elle ne put retenir ses larmes en reconnaissant deux esquisses de son portrait : l'une au fusain, l'autre au pastel. La réplique exacte du tableau primé. Les couleurs du visage effleuraient la toile, légères comme des nuages. Le regard « souriait » au peintre. Les événements de l'an passé avaient un peu brisé son éclat, comme le portrait de Dorian Gray… Elle pensa être moins jolie en comparant ces dessins avec l'image renvoyée par son miroir.

Les bruits de la mobilisation grondèrent en premier dans les cafés. Chez Henri, la salle ne désemplissait pas, les tables étant poussées contre le mur du fond pour agrandir le forum. Des agents de renseignements avant la lettre faisaient de continuelles allées et venues à la mairie pour apprendre par voix d'affiches les dernières nouvelles. Dans la salle à manger, Catherine poussait le son de la T.S.F. M. Pinson et M. Hermann, autorisés à y rejoindre pépère Joseph, étaient les porte-parole des terribles informations.

Lorsque le premier client mobilisé annonça avec tristesse : « Je suis bon, les gars… J'ai quarante-huit heures pour aller à la caserne Mortier », Henri remonta une bouteille millésimée de sa cave personnelle. « C'était pour la communion du gamin, ou le mariage de la fille ! » dit Henri avec un clin d'œil en direction de Jules. On but à la santé du soldat pour lui donner courage et lui souhaiter un prompt retour à Pantin.

« C'est une opération qui sera vite expédiée !

– T'en fais pas, on te reverra bientôt ! »

C'est ce qu'ils dirent au café.

Épilogue

Ils partirent les uns après les autres. La clientèle d'Henri fondit de moitié. En septembre, Jules n'échappa pas à la mobilisation. Il fit partie des troupes qui embarquèrent à la gare de Pantin, lieu de concentration des réserves qui allèrent combattre sur la Marne. Il laissa en plan son maraîcher avec ses cloches à melon et recommanda à son ami horticulteur de veiller sur une nouveauté de roses venant de Virginie, baptisée *Victoire !*

Ce fut une soirée bien triste, celle des adieux de Jules. Louise, sûre de ses sentiments, l'aurait bien accompagné jusqu'au front. Pour être solidaire, elle s'inscrivit à la Croix-Rouge comme marraine de guerre. Ce qu'elle ferait pour un soldat inconnu ce serait un peu pour lui.

M. Pinson, ayant déjà connu la guerre de 70, échappait au recensement. Il n'animait plus le café des potins parisiens. Henri achetait régulièrement l'*Illustration* qu'il laissait à la portée de la clientèle. Bien sûr on ne parlait que de cette foutue guerre !

L'hiver, on manqua de gaz et de charbon. Pépère Joseph dut renoncer à son rayon charcuterie. Désœuvré, il se rendait à pied jusqu'au bois de Romainville d'où il revenait avec un sac de bûchettes. Henri fut un rare privilégié à être parfois livré par la Halle au Vin. Le jeune Ernest mit à profit son art de trafiquer. Il « rendait service » à tous les commerçants de la place par sa débrouillardise. À l'école, Jacquot apprit à respecter le drapeau tricolore et chantait un couplet de la *Marseillaise* chaque matin. Avec P'tit Louis et les autres, ils laissèrent tomber chat perché pour jouer à la guerre. Quant à Louise, elle aidait beaucoup Catherine et aux heures creuses faisait de la charpie pour les hôpitaux.

Pantin donna au pays son lot de victimes de guerre. Dans chaque maison, dans chaque boutique de la place de l'Église, on déplora un soldat disparu.

Le 11 novembre 1918, le bedeau dut se faire relayer pour tirer durant une heure sur la corde de la cloche de Saint-Germain. Les clients du café, ne pouvant s'entendre, s'étreignaient et s'embrassaient. Joie, folie, bonheur ! Ficelle, qu'on avait trouvé raide de froid un matin – et sauvée *in extremis* – pleura d'émotion et but deux, et même trois absinthes pour le courage de ces braves poilus.

M. Elophe Hermann et pépère Joseph portèrent des toasts à l'Alsace-Lorraine redevenues françaises. Ce dernier dit avec malice : « Mon neveu de Strasbourg va être obligé de se remettre au boulot ! »

Catherine ne pensait plus à son rêve de posséder un magasin de nouveautés… Elle aimait trop ses clients du café. Ils faisaient partie de la famille.

Jules, en permission de convalescence quelques semaines avant l'armistice pour une blessure à la jambe, s'exerçait à marcher en servant la terrasse. Guéri, il retournerait chez son horticulteur pour planter les salades d'hiver.

Les pelles des démolisseurs avalèrent sans merci les baraques des zonards, des « déguerpis de Paris », et des derniers apaches remplacés bientôt par le « milieu ». On promit durant des années de les indemniser…

Henri, qui avait économisé pour faire installer la pression à l'intention de ses amateurs de bière, dut y renoncer, la superficie de la cave s'avérant insuffisante. Il acheta… une automobile. Jacquot supplia son père d'inviter Ernest et la bande pour une promenade qui fit sensation. Ils purent monter à six, saluant les Pantinois de connaissance.

Trois mois après son retour, Jules épousa Louise. Novembre avait mis un manteau de brume sur les eaux du canal. Ils aimaient flâner sur la berge certains dimanches. Les arbres se dépeuplaient en abandonnant des feuilles qui tournoyaient comme des confettis pour joncher les pavés. À travers les branches, ils pouvaient mieux voir les cheminées des usines leur rappelant une tranche de vie dont ils conservaient un bon souvenir.

La capitale pansant ses blessures offrait déjà aux Parisiens une exposition de peinture. Louise s'y était rendue accompagnée de pépère Joseph dans l'espoir d'y découvrir une œuvre de M. de Terrande dont on avait perdu la trace. Il n'était pas représenté, mais elle reconnut son cher canal aquarellé par Jongkind en 1865... C'était la campagne alors. Adieu village ! Elle serra frileusement le bras de son compagnon. Ils s'adapteraient à ce nouveau monde. Le cœur plein d'amour, on peut faire de grandes choses.

Note : Les maisons de la place de l'Église ainsi que le petit café furent détruits pour cause de vétusté en 1960.

La fabrique des allumettes de Pantin Édouard-Vaillant cessa son activité en 1931-1932 et servit d'entrepôt... à la Manufacture de Tabac !

Table des matières

Chez le même éditeur

ROMANS DU TERROIR

Les romans et récits du terroir font vivre la mémoire collective à travers l'histoire d'une famille ou d'un village de nos régions. Ils permettent au lecteur de retrouver les souvenirs de sa jeunesse ou de reconstituer une tranche de vie de ses aïeuls. Les destinées se croisent, les sentiments se mêlent et nous offrent une saga vivante, témoignage précieux en ce début de siècle.

Le Pays oublié, Jean Anglade
Le Chien du Seigneur, Jean Anglade
Le Milhar aux guignes, Alain Aucouturier
Le Dénicheur d'enfance, Alain Aucouturier
La Mère-Nuit, Alain Aucouturier
Aux innocents les mains pleines, Alain Aucouturier
Le Besacier, Alain Aucouturier
Le Bon Dieu dans les orties, Alain Aucouturier
Les Sentiers de traverse, Robert Audidier
Le Village perdu, Noël Aujoulat
Le Prix de la terre, Georges Barthomeuf et Roger Rouzaire
Moissons d'enfance, Paul Bélard
La Fille de la meunière, Adrien Bobèche
Le Destin de Lirette, Adrien Bobèche
Les Confitures du haut de l'armoire, Adrien Bobèche
Les Coulées douces, Christian Bormann
Les Yeux de Chloé, Roland Bosquet
La Pierre au mercier, Maurice Bouchet
Le Chêne foudroyé, Maurice Bouchet
Les Souliers ferrés, Maurice Bouchet
Les Grillons du fournil, Josette Boudou
La Maison d'école, Josette Boudou
Le Mur de la destinée, Josette Boudou
Marie, fille des montagnes, Josette Boudou
Quatre sons de cloche, Geneviève Callerot
Les Cinq Filles du Grand-Barrail, Geneviève Callerot
Treize grains de maïs, Geneviève Callerot
Le Blé germe en hiver, Marie Nicole Cappeau

La Mule blanche, Marie Nicole Cappeau
Chantemerle, Marie Nicole Cappeau
Le Loup du marais, Anne-Marie Castelain
Les Amours de Louise, Anne-Marie Castelain
Les Promesses du haut pays, Maurice Chalayer
La Paix des collines, Maurice Chalayer
Un buisson d'aubépine, Maurice Chalayer
Ardéchois Cœur Fidèle, Jean Chatenet et Jean Cosmos
Les Classes creuses, François Cognéras
La Mémoire engloutie, François Cognéras
L'Écorce amère, Yvon Collin
La Dictée, Jean Cosmos
La Brûlure des pierres, Gérard de Negri
Les Terres bleues, Marie de Palet
La Demoiselle, Marie de Palet
Retour à la terre, Marie de Palet
Tistou, Marie de Palet
La Fleur de sang, Anthonie Delauze
Les Rosiers de la rue Vermenouze, Jean-Paul Demure
Le Grand Domaine, Claude Dravaine
Terre-Dieu, Bernard Farinelli
Les Années châtaignes, Yvette Frontenac
La Clairière aux genêts, Christiane Gallois
La Croix du Mèze, Maurice Gautier et Fernand Raynaud
La Méprise, Yveline Gimbert
L'Ombre des chênes, Yveline Gimbert
La Ferme des hautes terres, Isabelle Jailler
Drôle de moisson, Roger Judenne
Les Terres brunes, Roger Judenne
L'Arbre à pain, Christian Laborie
Le Chemin des larmes, Christian Laborie
L'Appel des drailles, Christian Laborie
Les Drailles oubliées, Christian Laborie
Le P'tit Louis de la Loge, Suzanne Lavisse-Serre
Traîne-misère, Georges Laz
Les Vendanges de Lison, Philippe Lemaire
Le Chemin de poussière, Philippe Lemaire
Années vertes, années noires, Jacques Mallouet
Japperenard, Jacques Mallouet
Le Soleil de Monédière, Antonin Malroux

L'Héritage trahi, Yves Michelin
La Pierre levée, Paul Perrève
Les Pommiers sauvages, Philippe Perrot
Tustou et Marie, Jacques Pince
Les Premiers Sillons, Jacques Pince
Les Blouses grises, Jacques Pince
Le Goût du blé, Jacques Pince
Les Longues Saisons, Annie Plait
Un orage dans la tête, Monique Ponty
L'Œil du vivier, Bernadette Puijalon
Marie des solitudes, François-Paul Raynal
Les Gens de la Vallée, Georges Ribes
La Colombière, Roger Royer
Des monts de Résistance, Florence Roche
La Terre des coteaux, Pierre Sabourin
Le Bonheur selon Félisse, Jean-Marc Soyez
La Vigne à Saint-Romain, Jean-Marc Soyez
Les Galoches de Julia, Jean-Marc Soyez
Les Feuilles du pêcher, Paule Valette
Un jour d'orage, Jean-Pierre Védrines
Froides Vendanges, Jean-Pierre Védrines
La Fille du bénitier, Henri-Antoine Verdier
La Ferme des Pitaval, Michel Verrier
Les Roses de l'hiver, Claude Vincent
La Révolte du père, Claude Vincent
La Servante, Louis-Olivier Vitté
L'Enfant de la rivière, Louis-Olivier Vitté
La Vallée des illusions, Louis-Olivier Vitté

Photocomposé par Nord Compo
à Villeneuve-d'Ascq

Imprimé sur les presses
de l'imprimerie « La Source d'Or » - 63200 Marsat
Imprimeur n° 13217